PARIS-BREST

DU MÊME AUTEUR

LE BLACK NOTE, *roman*, 1998
CINÉMA, *roman*, 1999
L'ABSOLUE PERFECTION DU CRIME, *roman*, 2001, ("double", n° 36)
INSOUPÇONNABLE, *roman*, 2006, ("double", n° 59)
PARIS-BREST, *roman*, 2009
LA DISPARITION DE JIM SULLIVAN, *roman*, 2013

TANGUY VIEL

PARIS-BREST

LES ÉDITIONS DE MINUIT

© 2009/2013 by LES ÉDITIONS DE MINUIT
www.leseditionsdeminuit.fr

ISBN 978-2-7073-2297-5

I

AVEC VUE SUR LA RADE

1

Il paraît, après la guerre, tandis que Brest
était en ruines, qu'un architecte audacieux
proposa, tant qu'à reconstruire, que tous les
habitants puissent voir la mer : on aurait
construit la ville en hémicycle, augmenté la
hauteur des immeubles, avancé la ville au
rebord de ses plages. En quelque sorte on
aurait tout réinventé. On aurait tout réinventé,
oui, s'il n'y avait pas eu quelques riches grin-
cheux voulant récupérer leur bien, ou non pas
leur bien puisque la ville était de cendres, mais
l'emplacement de leur bien. Alors à Brest,
comme à Lorient, comme à Saint-Nazaire, on
n'a rien réinventé du tout, seulement empilé
des pierres sur des ruines enfouies. Quand on
arrive à Brest, ce qu'on voit c'est la ville un
peu blanche en arrière-fond du port, un peu
lumineuse aussi, mais plate, cubique et aplatie,

tranchée comme une pyramide aztèque par un coup de faux horizontal. Voilà la ville qu'on dit avec quelques autres la plus affreuse de France, à cause de cette reconstruction malhabile qui fait des courants d'air dans les rues, à cause d'une vocation balnéaire ratée (complètement ratée même, puisque la seule plage de la ville au fond de la rade se trouve là abandonnée, en contrebas de la quatre-voies tumultueuse qui désengorge la ville), à cause de la pluie souvent, de la pluie persistante que ne savent compenser les grandes lumières du ciel, de sorte que Brest ressemble au cerveau d'un marin, détaché du monde comme une presqu'île. Oui comme une presqu'île, me disait le fils Kermeur, et si tu restes ici tu finiras pareil, tu finiras comme ta grand-mère.

Assis en face d'elle dans le bus qui nous ramenait en ville, je me souviens, comme je pouvais lire sur sa peau la fatigue qui sillonnait son visage, elle, les yeux fixes sur dehors et la mer sous nos pieds tandis que le bus s'embarquait sur la rade, sur le pont au-dessus de la rade, elle comme à chaque fois au retour des promenades, elle posait son index sur la vitre et me disait, regarde. Alors je fixais au loin les fenêtres de chez elle, là-haut sur le boulevard qui dominait le port, les cinq grandes fenêtres de son nouvel appartement, son nouvel appartement avec vue sur la rade, ne manquait-elle jamais de préciser, cent soixante mètres carrés avec vue sur la rade, répétait-elle comme si c'était un seul mot, une seule expression qu'elle avait prononcée des milliers de fois, laissant glisser dessous toutes les images qui allaient avec, c'est-à-dire la mer bleue de la rade, les lunatiques teintes de l'eau, les silencieuses marées d'août, les reflets de la roche et les heures grises de l'hiver, c'est-à-dire la transformation incessante de l'humeur maritime. Et déjà je savais qu'à peine descendu du bus je lui donnerais le bras sur le trottoir, puis qu'elle insisterait pour qu'on aille dîner ensemble dans son restaurant préféré, allons, disait-elle, tu peux bien venir au Cercle Marin avec moi et puis tu me raccompagneras, tu n'auras pas beaucoup de chemin à faire. Et c'était vrai, que je n'aurais pas beaucoup de chemin à faire, puisque j'habitais en dessous de chez elle. Et au fond de moi je ne me disais qu'une chose : que je l'avais bien cherché.

Oui tu l'as bien cherché, me disait le fils Kermeur, il ne fallait pas venir vivre en dessous de chez elle, il ne fallait pas accepter ce marché inacceptable mais toi évidemment tu l'as accepté, toi tu as été assez bête pour accepter ça, m'assenait-il quand il débarquait chez moi le soir, vers 21 h 00, réglé comme une horloge. On quittait le Cercle Marin à 20 h 40, ma grand-mère remontait chez elle à 20 h 50

11

et j'étais sûr qu'à 21 h 00 il sonnerait, le fils Kermeur, une bouteille de vin à la main, une cigarette dans l'autre, toujours prêt à me taper sur l'épaule, sur l'épaule de mon vieil ami, disait-il. Parce que, d'une certaine manière, c'est vrai, le fils Kermeur était un vieil ami. Et en même temps qu'il me resservait un verre comme s'il était chez lui, il s'en resservait un lui aussi et le buvait d'un trait, puis s'appuyait au radiateur sous la fenêtre, dehors la nuit contredite par la clarté des réverbères, la brume orange qui contrôlait la ville, et le presque silence qu'il interrompait du bruit sec de son verre sur l'évier. Puis il regardait la mouette posée là sur le rebord du balconnet et lui disait en même temps, un peu soûl comme il était à cette heure avancée du soir, il lui disait : « toi aussi tu voudrais dîner avec la vieille dame, hein ? » sur ce ton doucereux et ironique par lequel il parlait à la mouette et se faisait rire tout seul.

Mais où donc avait-il été chercher une expression pareille et si cristalline en même temps, si efficace que je ne pouvais plus jamais faire comme si je ne l'avais pas entendue, la vieille dame. Et d'une certaine manière il avait gagné : pour moi aussi ma grand-mère était devenue « la vieille dame », à mesure que j'allais avec elle dans la ville en promenade régulière, de l'église au cimetière et à la pâtis-

12

serie, oui promenade, ainsi qu'elle qualifiait les après-midi passés à visiter les tombes, à épousseter les pierres, et que pendant tout le temps où j'ai habité à Brest en dessous de chez elle, il a fallu que je l'accompagne au cimetière toutes les semaines, elle et madame Kermeur, parce que quelquefois, oui, elle emmenait sa femme de ménage avec elle au cimetière.

Et tu n'en as pas marre, reprenait le fils Kermeur, d'aller bouffer tous les jours dans son restaurant de marins ?

Mais c'est à peine si on peut appeler ça un restaurant, le Cercle Marin, plutôt une sorte de club dans lequel il faut justifier de son appartenance à la Marine pour y venir déjeuner, ce qui veut dire quand même que tout le monde ou presque peut y accéder : qui n'aurait à Brest, par alliance ou par cousinage, une relation avec un marin ? Alors elle qui était veuve d'un officier de marine, elle venait là tous les jours, dans cet endroit huppé, croyait-elle, à cause des quinze marches qui menaient au perron, à cause des grands drapeaux français dressés comme des symboles républicains, à cause de la mainmise sur les lieux par les officiers haut gradés, leur marmaille innombrable, leur allure d'échalas sec et droit.

Je sais de quoi je parle. J'y ai été moi aussi des milliers de fois, l'accompagnant à midi

comme le soir, saluant sans le vouloir les mai-
gres figures des officiers qui mangeaient là,
dans leur sanctuaire vitré. On dirait que dans
la Marine, on les recrute selon le format de leur
squelette, ou bien qu'un certain type d'exer-
cices physiques, ou bien un certain régime ali-
mentaire, a fini par sculpter leur corps de cette
même taille longiligne et curieusement aviaire,
oui c'est ça, ils ressemblent, c'est exactement
ça, à des oies, à des dindons ou à des canes, et
les enfants par dizaines, car on fait beaucoup
d'enfants dans la Marine, font autant de petits
canetons franchissant, le cul toujours un peu
en arrière, la lourde porte de verre fumé.

Et c'était comme son cocon à elle, cet
endroit, où il n'y avait plus à craindre la moindre poussière du dehors, où on se retrouvait
entre gens du même monde, avec les mêmes
vêtements et les mêmes idées politiques,
garantissant à chacun la douceur du prochain,
de ce genre de prochain qu'aucun d'entre eux
ne peine à aimer comme lui-même, puisque
c'est le même. Habillés tous pareil, coiffés
tous pareil, déjeunant tous pareil au Cercle
Marin, les hommes aux cheveux rasés sur la
nuque et les femmes affublées d'un serre-tête
composent un peuple fantasque, irruption
d'un passé qui n'a sûrement jamais existé
mais qu'ils sont certains de représenter et de
transmettre encore, une sorte de France anti-

que et royaliste, et comme encore secouée par l'affaire Dreyfus.

C'est que dans France, me disait le fils Kermeur, dans France il y a rance. Et il se faisait rire tout seul.

Mais je n'ai pas eu le choix, lui disais-je, ma mère ne m'a pas laissé le choix, c'était ça ou le Sud, et qu'est-ce que tu aurais fait à ma place, la même chose que moi bien sûr, tout sauf le Sud. Et j'entendais la voix de ma mère me répétant quelques mois plus tôt : ou bien tu vas habiter chez ta grand-mère, ou bien tu pars avec nous dans le Sud, tu m'as bien entendue, c'est ça ou tu pars avec nous dans le sud de la France. Et les yeux au plafond, ma mère joignait les mains comme une madone italienne implorant un dieu caché à l'intérieur d'elle-même, pour répéter inlassablement que ce n'était pas possible, que mon dieu, mais qu'est-ce que j'ai fait au ciel, qu'est-ce que j'ai fait au ciel pour devoir partir là-bas, dans la région la plus moche de France, se lamentait ma mère.

C'est vrai que c'est assez moche, le Languedoc-Roussillon. Moi-même je n'y ai jamais habité mais je n'aime pas cette région. Ne me parlez pas de sa garrigue, de ses taureaux ni de ses flamants roses, ne me parlez pas des vieilles pierres de Montpellier ni du mistral sous le pont du Gard, je suis trop d'accord avec ma mère et je compatis volontiers avec qui habite le Languedoc-Roussillon, a fortiori qui y habite contre son gré. Or ma mère y a habité contre son gré.

Alors elle aurait voulu que j'y habite moi aussi, c'est-à-dire que je parte avec elle dans le Sud pour qu'on vive l'exil en famille et qu'on souffre en famille, selon son mot à elle, exil, à cause des problèmes de mon père qui les avaient obligés à quitter la Bretagne, les gros problèmes que j'aurai l'occasion d'évoquer. Mais partir avec eux, je ne l'ai pas fait. Moi j'ai échappé à l'exil, disais-je au fils Kermeur, parce que j'avais déjà dix-sept ans et que j'étais tout à fait capable de me prendre en charge et donc de rester à Brest sans mes parents.

Ma mère n'a jamais partagé cette opinion de moi sur moi mais ma chance ce fut qu'au même moment ma grand-mère a insisté pour que je reste auprès d'elle, que puisque je voulais rester il suffisait que j'habite en dessous de chez elle, que tout ça tombait très bien puisque maintenant elle avait de la place, trop de place pour une personne seule, dans son nouvel appartement, son trop grand appartement, disait-elle, avec vue sur la rade. Alors à cette condition que tu habites chez ta grand-mère, oui tu peux rester à Brest, avait fini par dire ma mère, la mort dans l'âme.

Si au moins d'habiter là-bas ça pouvait calmer ses crises, disait le fils Kermeur.

Là-dessus il ne faut pas rêver, répondais-je, les crises de ma mère sont le fruit d'une angoisse de fond. La seule chose à faire, disent les médecins, c'est de se mettre un sac plastique sur la tête et de respirer dedans, c'est la seule chose à faire pour la calmer.

De la comédie, oui, voilà ce que c'est, les crises de ta mère.

Et tandis que je buvais le vin que le fils Kermeur me servait, assis là à le regarder s'agiter et parler plus que moi, je continuais d'entendre sous mon crâne cette improbable conversation de lui et de ma mère, inacceptable, disait l'un, c'est un marché inacceptable, et la voix de ma mère qui venait s'y superposer : et je te rappelle aussi que tu n'es pas majeur, que nous sommes responsables de toi devant la loi.

Devant la loi, entendais-je encore en mettant la musique forte pour ne pas subir les pas de ma grand-mère sur le parquet au-dessus quand elle se relevait machinalement, quotidiennement, pour avaler ses somnifères puis qu'elle se recouchait, et qu'enfin, elle s'endormait.

Mais écoute ça, disais-je au fils Kermeur, je suis obligé de mettre de la musique tout le temps pour me concentrer mais si je mets de la musique, bien sûr, je ne peux pas me concentrer, je ne peux même pas lire.

Tant que tu resteras ici, disait-il, dans une ville pluvieuse et à l'écart du monde, tant que tu resteras ici tu n'arriveras à rien. Et regardant sans y croire les étagères de livres qui couraient sur les murs, il reprenait : tu aurais mieux fait de faire comme ton frère, tu aurais mieux fait de faire du foot.

Mais à ça je ne répondais pas, dès lors que je n'en avais pas vraiment, de réponse, assis là à ne rien faire dans l'espace de ma chambre, dans les seize mètres carrés de mon studio, soit dix fois moins que chez ta grand-mère, disait Kermeur, et c'est bien normal, puisque tu es dix fois moins riche. Et ça le faisait rire, non pas que moi je sois pauvre mais que ma grand-mère soit riche.

Non, disait-il, ce n'est pas que ta grand-mère soit riche qui me fait rire, c'est comment elle est devenue riche, ça oui, ça me fait rire.

Et en même temps il se resservait un verre, se rallumait une cigarette et quelquefois, même, il s'allongeait sur mon lit. Il était comme ça, le fils Kermeur, un peu chez lui. Et c'était vrai aussi que c'était un peu chez lui, depuis tant d'années que sa mère travaillait au-dessus, disait-il, et maintenant au service de ta grand-mère, continuait-il.

Mais si on m'avait dit qu'un jour ta grand-mère habiterait ici, si on m'avait dit qu'un jour ma mère ferait le ménage chez ta grand-mère.

Et toujours entre nous il y avait un silence.

2

C'est vrai que c'est presque drôle, la manière dont elle est devenue riche, ma grand-mère, à cause des quinze marches du Cercle Marin que lui, le vieux monsieur, soi-disant ne pouvait pas descendre seul, ses quatre-vingt-huit années tassées dans le flageolement de ses jambes, le tremblement de sa main cherchant la rampe, alors ce jour-là soi-disant il attendait sur le perron sans rien dire, n'osant rien dire ni demander secours et pensant qu'il finirait par le faire, descendre, et remonter le lendemain comme d'habitude. Mais ce jour-là le hasard ou quelque chose comme ça a voulu qu'elle, la vieille dame, pousse la haute porte de verre quelques secondes à peine après lui, ayant pris le même menu unique qu'on servait là, et elle lui a proposé son bras. Lui si fier, si robuste, lui si digne quand poliment elle a proposé qu'ils descendent attachés l'un à l'autre par le pli de leurs coudes, il l'a saluée, il a demandé quel était cet ange qui venait le secourir, et il a accepté.

C'est elle qui raconte ça ainsi. C'est elle qui insiste sur sa politesse et sa douceur à lui. Mais pour qui l'a croisé, lui, quelquefois, pour qui l'a respiré ensuite dans son fauteuil Empire et a entendu le son lourd de sa voix, il est possible de penser qu'il pouvait descendre seul. Il est possible de penser qu'il s'était fait croire à lui-même qu'il ne pouvait pas descendre, ou lui avait fait croire à elle qu'il ne pouvait pas descendre, ayant ou n'ayant pas calculé son coup mais attendant qu'on l'aide, ou déjà : qu'elle l'aide. Il est possible de le voir grommelant, ronchonnant contre sa canne, parlant seul et s'embarquant malgré tout dans la descente. Elle, si aimable, elle lui a pris le bras à force d'insister, tandis qu'il continuait de grommeler, la regardant à peine, mais effectivement rassuré, ou soulagé.

C'est moi qui raconte ça ainsi. Mais je n'en sais pas plus qu'elle, et même un peu moins puisque je n'étais pas là quand c'est arrivé, cette rencontre, comment elle l'a abordé, ou inversement, ou comment deux si vieilles personnes se sont retrouvées comme des enfants à ne pas savoir où poser les yeux, multipliant les phrases banales, les « il ne fait pas très

beau », les « ces marches sont si dangereu-
ses », eux qui s'étaient observés pendant tellement de déjeuners dans la grande salle du
restaurant en avalant chacun solitairement son
assiette, s'étant sûrement des milliers de fois
salués d'un signe de tête, comme deux habi-
tués intrigués par la symétrie de l'autre, évitant
de trop se regarder, en même temps que, cela
ne pouvait pas rater, leurs regards se croisaient
peut-être quatre, cinq fois par repas, de sorte
que quelquefois ils esquissaient un sourire
invisible.

Je ne sais pas. Personne ne sait. Personne
n'a été là pour le voir, sinon les mutiques ser-
veurs auxquels jamais personne n'aurait eu
idée d'aller demander ces précisions-là, à
cause de l'incongruité qu'il y aurait eu à le
faire, s'ils n'auraient pas remarqué par hasard,
un vieux monsieur au fond de la salle et une
vieille dame près de la fenêtre, si déjà ces
deux-là ne se regardaient pas du coin de l'œil
et ne se lançaient pas quelque signe d'amitié,
non, personne n'aurait eu idée de demander
ça, pas ici, pas au Cercle Marin, dans cette
salle plus vertigineuse qu'un muséum d'histoire naturelle.

Et le Cercle Marin avait ça de commun avec
un muséum d'histoire naturelle qu'il accueillait lui aussi des dinosaures, de ces grands dis-
parus dont on ne pouvait croire qu'il en exis-

tait encore des spécimens, non pas seulement ces familles nombreuses, mais ceux-là qui faisaient l'autre majorité de la clientèle : des vieillards, des grands vieillards dont le squelette semblait aussi, comme au muséum, tenu par des fils invisibles qui les maintenaient debout, vieux amiraux tout droit sortis de Trafalgar et tirés à quatre épingles, toujours impeccables, disait ma grand-mère, ah ça vraiment toujours impeccables, insistait-elle, pourtant tous boiteux et voûtés mais si fiers encore, si alertes avec leur cravate et leur col amidonné, leurs cheveux peignés comme il faut ou bien l'absence de leurs cheveux peignés comme il faut, mais un très élégant couvre-chef, disait-elle, et qu'ils ôtaient pour la saluer si poliment, si obséquieusement, devrais-je dire. Mais de son point de vue à elle, il n'y avait jamais rien eu d'excessif en politesse, donc rien d'obséquieux.

À force, on la voyait bien finir ses jours avec un amiral, elle qui à l'entendre semblait tous les séduire, ces vieillards de quinze ans ses aînés. Mais ce n'est pas ce qui s'est produit, qu'elle termine ses jours avec un amiral, ce n'est pas ça exactement qui s'est produit, disons, Albert Vlaminck, l'homme aux quatre-vingt-huit années tassées dans le flageolement de ses jambes, Albert Vlaminck n'était pas amiral.

Et ce jour où le hasard les a rassemblés pour la première fois sur le perron du Cercle, rien d'une émotion sans doute ne viendrait se montrer ni tressaillir sur leurs joues un peu marbrées, dans leurs phrases guindées, en tout cas ils ont trouvé la force que ça ne se voie pas, elle encore plus, de cet air glacial jusqu'au bout des ongles et conservant son visage désabusé, maquillé mais désabusé, plein de paroles vides et trop aimables, et dont longtemps chacun de nous s'interrogerait sur ce qui avait pu le séduire, lui, Albert.

Car il serait séduit, du moins il en donnerait toutes les preuves, lui qui quelques repas plus tard, ne reculant devant rien, disons, quelques dizaines de Cercles Marins plus tard, lui a proposé de devenir son héritière.

Il lui a proposé ça, oui, de devenir son héritière et même ce qu'on nomme, ce qu'elle a appris qu'on nommait sa légataire universelle. En échange de quoi, simplement, il faudrait qu'elle paye de sa présence auprès de lui, de tous les jours qui le séparaient, lui, de la mort, les dix-huit millions d'actif qu'il possédait.

Elle a bien entendu.

Dix-huit millions.

Elle a réfléchi longtemps. Elle a passé des nuits à se retourner dans son lit, des heures au téléphone avec sa fille, des journées à arpenter en tous sens son appartement. Elle a réfléchi d'autant plus longtemps qu'elle savait depuis le début qu'elle dirait oui. Elle n'a pas réfléchi pour savoir si elle dirait oui ou non, elle a réfléchi à comment justifier auprès d'elle-même qu'elle dirait oui. Depuis le moment où il le lui avait proposé, depuis l'instant où il avait prononcé le mot « légataire » ou le mot « héritière » ou peut-être le mot « fortune », son cœur avait dit oui. Déjà dans la salle de restaurant, quand seulement il lui avait dit qu'il avait quelque chose à lui dire, quelque chose d'important, déjà elle savait qu'elle dirait oui.

Pourtant elle a commencé par dire non et c'est bien normal. D'abord parce que chacun sait qu'à toute chose il faut commencer par dire non, ensuite parce qu'il n'a pas parlé d'argent ni d'héritage, non, il a d'abord parlé mariage. Mais qu'est-ce que ça changerait ensuite qu'ils soient mariés ou pas, qu'est-ce que ça changerait, lui dirait-il pour la persuader, lui si seul chez lui à écouter Beethoven et se disant que même cela, écouter Beethoven, ça n'avait aucun sens pour lui tout seul, que pour cela aussi ou pour cela seulement il lui fallait une compagnie, oui c'est ça, s'est-il dit tout seul chez lui, « une dame de compagnie ».

Ce n'est pas lui qui a employé cette expression, dame de compagnie, non, c'est mon père qui a eu l'idée de cette expression. Il n'y a que mon père en vérité qui pouvait employer une expression pareille, pourvu qu'il rie nerveusement d'elle, sa belle-mère, pourvu qu'il pouffe à table et qu'il énerve ma mère et lui fasse presque honte quand c'était de sa mère à elle dont il parlait, et qu'un peu de respect, exigeait-elle, un peu de respect s'il te plaît. Parce que Albert lui-même, non, n'aurait jamais eu une telle parole. Peut-être il l'a voulu, peut-être il l'a pensé mais c'est vrai, jamais il ne l'aurait prononcé. Lui, il a seulement dit : vous m'accompagnerez jusqu'à la mort, Marie-Thérèse, jusqu'à mon dernier souffle. Et il a ajouté : je suis vieux, vous savez, ça ne durera pas longtemps. Et s'avançant vers elle comme s'il allait lui confier un secret, il a chuchoté : voyez-vous, Marie-Thérèse, c'est un peu comme un viager.

C'est elle qui me l'a raconté comme ça, et pour une fois elle avait été capable d'en rire, de rire d'elle-même en quelque sorte, parce qu'à vrai dire le reste du temps elle riait peu, encore moins d'elle-même, encore moins d'Albert. Et elle a accepté bien sûr, malgré les rumeurs et le risque du temps futur, elle a accepté, se précipitant chez le notaire pour signer les papiers officiels, et sûrement elle a essayé de se dire ça devant le notaire cravaté, qu'elle avait droit à une vie meilleure, qu'elle l'avait méritée, et puis aussi, en posant sa signature sur les papiers qu'il lui tendait, qu'elle l'aimait, Albert, que c'était aussi une forme de sentiment qui lui faisait faire ça, se répétant le stylo à la main : « mais je l'aime, c'est parce que je l'aime que je signe », ou bien : « je fais ça pour mes enfants, pour mes petits-enfants, tout ce que j'ai toujours fait dans ma vie c'est pour eux, pour elle, pour ma fille et les enfants de ma fille ».

Et peut-être c'était vrai.

Alors aussi tout s'est joué tellement vite entre eux deux quand Albert a ajouté une condition, une petite condition mais une condition quand même, celle qu'après sa mort à lui, il faudrait que ma grand-mère continue d'employer sa femme de ménage, sa gouvernante, disait-il, qui s'appelait madame Kermeur.

En quelque sorte elle fait partie de l'appartement, a dit Albert, et donc de l'héritage, à ce titre il faudra compter avec elle parmi la masse mobilière et immobilière du legs, parmi les meubles Empire et les symphonies de Beethoven. Et ma grand-mère a accepté bien sûr, qu'avec l'appartement elle hériterait aussi de madame Kermeur, qu'ensuite elle deviendrait sa femme de ménage à elle, sa gouvernante à elle, et sans même entrevoir que composer avec madame Kermeur, ai-je compris plus tard, composer avec elle, ça voulait dire aussi composer avec le fils Kermeur.

3

Peut-être elle a pleuré de douleur quand il est mort, Albert. Peut-être elle a fini par l'aimer à force qu'ils discutent, à force qu'ils regardent la mer en écoutant Beethoven. Elle, toute sa vie indifférente à la musique, n'ayant chez elle rien d'autre qu'une télévision par laquelle peut-être, au hasard des programmes de l'après-midi, la musique de variété entrait dans son salon d'une manière aussi fortuite qu'une mouette se posait sur son balcon, elle donc s'assiérait des après-midi entiers sur une bergère Louis XV pour écouter de la musique, dans une pièce faite exprès pour ça, ne rien faire d'autre que religieusement, les mains croisées sur le ventre et les jambes étendues, entendre résonner la cinquième, la huitième et la neuvième symphonies de Beethoven sur une chaîne hi-fi dernier cri. Alors peut-être elle a fini par aimer ça, comprenant que les années passées ensemble à s'accompagner, trois ans exactement à se soutenir l'un et l'autre dans le grand âge, que cela valait tout l'or du monde, à ce point qu'un instant peut-être elle aurait refusé l'héritage et jeté dans sa tombe à lui, au lieu d'une poignée de terre, les papiers qui la liaient à ce legs. Mais enfin elle ne le fit pas. Elle n'avait pas non plus fait tant d'efforts pour renoncer si près du but, si près de ce moment où elle serait enfin propriétaire, elle qui n'a que ce mot-là à la bouche, disait ma mère, propriétaire, répétait-elle en replaçant son serre-tête sur ses cheveux grisonnants, puisque ma mère avait ça sur le crâne, un serre-tête.

Si ça n'avait tenu qu'à elle, ma mère, elle aurait hérité aussi vite des dix-huit millions amputés des affreux droits de succession, que c'est honteux, disait-elle, de taxer ainsi le fruit d'une vie de travail, et le disait d'autant plus aigrement qu'elle se sentait très loin, quand au même moment ou presque, elle avait dû partir dans le Sud. Je me souviens de lui avoir dit, la veille de son départ, je lui ai dit, c'est vrai, ce n'est quand même pas de chance de partir maintenant.

Quoi, comment ça pas de chance ?

Oui, quand même, juste au moment où Albert vient de mourir, juste au moment où on allait être millionnaires.

Et je ne sais pas ce qui lui a pris, à ma mère, je ne sais pas quel choc s'est produit dans son cerveau à elle, mais au lieu de rire ou bien de détourner la conversation ou bien de se taire comme si souvent, au lieu de ça elle m'a donné une gifle, une énorme gifle partie plus vite que l'éclair, et moi je suis resté comme ça devant elle, avec l'empreinte de sa main sur ma joue.

Si ça n'avait tenu qu'à toi, maman, tu serais restée à Brest bien sûr, lorgnant sur la vieille dame comme à l'heure du tirage sur un billet de loterie. Si ça n'avait tenu qu'à toi surtout, tu aurais raconté une autre version de cette histoire, une version sans Albert sans doute, une version sans moi sans doute, mais surtout, je crois, une version sans les Kermeur.

Ma mère ne les a jamais aimés, les Kermeur, mais encore moins du jour où Albert mourut, c'est-à-dire du jour où elle avait dû laisser madame Kermeur seule avec sa mère, c'est-à-dire seule avec les dix-huit millions qui flottaient sur les murs, dans les vitrines, dans les armoires, les dix-huit millions comme rendus plus amers par la distance, par les mille deux cents kilomètres qui les séparaient, elle, du Finistère, et si nerveuse forcément vis-à-vis de nous tous, vis-à-vis de sa mère, vis-à-vis de moi, vis-à-vis des Kermeur et qui le savaient très bien : que ma mère les détestait, ils le savaient très bien. Et pour cause.

Si tu crois que ma mère a oublié, disait le fils Kermeur.

Non, bien sûr. Et il avait fallu que ça arrive le jour de l'enterrement d'Albert. On était là, ma grand-mère, ma mère, moi, on était tous les trois et bien sûr on savait qu'elle devait nous rejoindre, madame Kermeur, même si ma mère a dit le contraire depuis, même si elle m'a dit cent fois que j'aurais pu la prévenir, ma mère le savait très bien, qu'elle viendrait ce jour-là pour la veillée d'Albert. Toujours est-il que pour occuper la conversation, ou pour dissiper l'angoisse de la voir entrer là dans une heure, ma mère a commencé à parler de madame Kermeur, elle a commencé à dire à ma grand-mère qu'elle ne pouvait pas garder cette femme de ménage, qu'elle ne serait jamais chez elle tant qu'elle serait là et qu'il fallait se méfier de tout le monde. Quand on a de l'argent il faut se méfier de tout le monde, a dit ma mère.

Et ma grand-mère avait beau lui dire qu'elle respecterait la volonté d'Albert, ma mère insistait, elle disait : mais tu ne te rends pas compte, ces gens-là ne sont pas comme nous, ces gens-là sont capables de tout. Et elle a commencé à dresser le portrait de madame Kermeur, de ses grands airs et de son chignon trop propre pour une femme de ménage, de ses robes trop noires pour une femme de ménage et puis elle a parlé de son fils, de ce gosse odieux, disait-elle, qu'elle connaissait depuis longtemps, qui déjà à l'école primaire était un enfant affreux, et puis elle a embrayé sur l'héritage, sur toute cette fortune qu'elle dépoussiérait tous les jours, à ton avis pourquoi elle fait si bien son travail, disait ma mère quand vers les 15 h 30, voilà, on a sonné.

Avant même d'avoir ouvert la porte elle a compris. Elle m'a regardé d'un air anxieux en même temps que ravalé sa salive en même temps que senti son cœur se mettre à battre en même temps que je me suis levé et dirigé vers la porte, ne me faisant aucune illusion, n'ayant aucun doute sur l'identité de qui avait sonné avec une demi-heure d'avance ce jour-là : madame Kermeur bien sûr. Et je n'ai pas su quoi dire.

Mais ma mère a su, elle, à qui il aurait fallu plus, beaucoup plus pour se démonter : entrez, elle a dit, je vous en prie, c'est qu'on ne vous attendait pas avant une demi-heure mais ça ne fait rien, entrez, devant moi honteux d'être le témoin de cette scène, moi qui trois minutes plus tôt souriais à tout ce fiel en remuant sereinement ma cuillère dans mon café, comme c'est toujours ou presque un plaisir d'entendre dire du mal de gens qu'on connaît, autant au moins que de gens qu'on ne connaît pas. Et la suite, la suite c'est que madame Kermeur ne s'est pas démontée non plus, que si elle s'était démontée elle n'aurait pas sonné, parce que effectivement elle avait tout entendu, ses grands airs et l'héritage convoité, depuis un quart d'heure peut-être qu'elle était derrière la porte. Elle avait comme posé pour son propre portrait, à cette différence près que c'était en son absence, que le modèle manquait au peintre et que ça n'avait pas l'air de le gêner beaucoup, le peintre en question, et qu'alors en sonnant, en interrompant la séance, c'était comme si elle avait enfin donné un corps et un visage à cette affreuse personne décrite, mais je vous en prie, elle a dit, allez-y, continuez.

Comment ça mais continuer quoi ? a dit ma mère. Mais au lieu de repartir, au lieu de claquer la porte sans mot dire, au lieu même de s'empoigner avec ma mère, madame Kermeur s'est dirigée doucement vers le cercueil, elle s'est agenouillée là comme une pleureuse et elle a joint les mains pour se mettre en prière. Ma mère est restée dans l'entrée, debout sans mouvement, je me souviens, j'ai essayé de reprendre la conversation comme si de rien n'était, de parler du temps maussade, je ne sais pas, le détail de ça je ne m'en souviens pas, je me souviens juste qu'on s'est éclipsés assez vite, ma mère et moi, et qu'elles ont évité de se reparler depuis, que le hasard, disait le fils

Kermeur, avait bien fait les choses, mettant entre elles la longueur de la France.

Mais ce n'est pas ce qu'a pensé ma mère, que le hasard lui fût à cette époque une seule fois favorable, installée malgré elle dans son lointain Languedoc, et n'en finissant pas de se plaindre, les trop longues journées qui s'étiraient, à vendre des cartes postales à Palavas-les-Flots.

Dans le Languedoc-Roussillon qu'elle maudissait, ma mère n'a rien trouvé de mieux que d'ouvrir une boutique de souvenirs, à Palavas-les-Flots, que justement, disait-elle, elle avait ouvert ce type de boutique pour voir tout sauf des gens du Sud, plutôt des touristes qui lui apporteraient de l'air frais. Mais ce fut bien le problème aussi, d'avoir ouvert une boutique pour touristes dans un endroit où il n'y avait pas de touristes.

Non pas qu'il n'y ait pas de touristes dans le Languedoc-Roussillon, je ne dis pas cela, je ne dis même pas qu'il ne devrait pas y avoir de touristes dans le Languedoc-Roussillon, je dis seulement qu'à l'endroit où ma mère a ouvert son magasin pour touristes il n'y avait pas de passage touristique. Faute d'avoir investi dans l'artère principale de la ville mais dans une rue adjacente et donc, une rue déserte, ma mère n'a vu personne pendant trois ans. Ma mère a eu beau sortir chaque jour ses étals de cartes postales et son stock de briquets gravés à l'effigie de Palavas-les-Flots, elle n'a vu personne. Seulement quand un Allemand ou un Hollandais s'égarait elle le voyait passer devant la boutique, mais comme il était surtout préoccupé de retrouver l'artère principale, il s'arrêtait chez elle, non pour acheter un souvenir, quoique cela ait pu arriver quelquefois, mais pour demander son chemin.

Après trois années d'activité déficitaire, ma mère a déposé le bilan, remballant avec elle ses trois mille deux cents cartes postales de taureaux camarguais et ses deux cent quarante-huit briquets gravés à l'effigie de Palavas-les-Flots, avec le P de Palavas qui dessinait un parasol.

Je dois dire, j'ai toujours soupçonné ma mère de l'avoir fait exprès, d'avoir exprès acheté un fonds de commerce déficitaire et exprès fait graver des briquets qu'elle ne vendrait pas, pourvu de renforcer sa haine du Languedoc-Roussillon, attendant seulement l'occasion de revenir en Bretagne, attendant que de l'eau ait coulé sous les ponts pour revenir dans son pays natal, d'où ils avaient été chassés, disait-elle, chassés par le mensonge et la calomnie, n'avait-elle pas peur de dire, à cause des problèmes de mon père, des gros problèmes de mon père qu'il va bien falloir que j'évoque.

Si, depuis, mes parents ont pu mettre fin à

leur long exil, si, depuis, ils sont effectivement revenus s'installer dans le Finistère, c'est seulement que la providence s'en est mêlée, si seulement on peut appeler providence la suite des événements, par quoi mes parents ont réussi à revenir en grâce dans le Finistère, après tant d'années loin d'ici, enfin revenir dans leur pays natal, à condition cependant que mon père ne remette pas les pieds en ville, à cause justement de ces vieux problèmes qu'il avait eus et qui pouvaient resurgir à chaque instant, c'est-à-dire que la ville entière était toujours prête à lui lancer à la figure.

Aujourd'hui encore, si d'aventure mon père se promène à découvert dans les rues de Brest, tout le monde le reconnaît. Tout le monde reconnaît l'ancien vice-président du Stade Brestois, ainsi que fut longtemps mon père, vice-président de la grande équipe de Brest, à l'époque où Brest était en première division, à l'époque où Brest était une grande équipe avant de devenir une petite équipe à cause d'un trou de quatorze millions dans la caisse.

4

Je n'ai jamais su si mon père avait réellement profité des quatorze millions qui manquaient dans la caisse à son départ, je n'ai
jamais su s'il les avait vraiment pris ou seulement empruntés ou s'il avait en quelque sorte
payé pour les autres, payé pour le président
du club et pour l'entraîneur du club, mais
enfin le fait est qu'on l'accusa personnellement
de cet énorme trou fait dans la caisse, des
quatorze millions qui avaient lentement disparu du trésor brestois et pour lesquels il eut
des problèmes, de gros problèmes avec la justice. C'est entre autres pour ça que parmi les
gens qui le reconnaissaient, il y avait toujours
le risque, même des années plus tard, qu'il y
en ait qui l'insultent.

Parmi les gens qui le reconnaissaient, il y
avait beaucoup de nostalgiques bien sûr de la

grande époque, de quand Juan Cesar marquait des buts à tous les matchs, et qu'on avait failli jouer la Coupe d'Europe, failli parce que Brest n'a jamais joué de son histoire le moindre match de Coupe d'Europe, mais il s'en fallut d'un cheveu et notamment d'une gaffe du gardien contre Nantes au dernier match de la saison, une gaffe énorme qui nous a coûté la Coupe d'Europe. Et donc il y avait ces nostalgiques qui rappelaient à mon père cette grande époque et qui continuaient de l'associer bien sûr à cette grande époque, et puis il y avait les autres, ceux qui ne juraient que par les histoires d'argent et les problèmes d'argent et qui passaient à côté de lui en baissant la tête et qui marmonnaient cinq ans plus tard encore, en arrivant à sa hauteur, qui marmonnaient « voleur » ou « bandit » ou « escroc » et mon père faisait semblant de ne pas avoir entendu, comme il a toujours fait semblant de ne rien entendre en matière d'argent et de justice.

Même au tribunal il a fait comme s'il n'entendait rien, comme si c'était un vaste complot contre lui, que tout s'était tramé derrière son dos, y compris les quatorze millions évaporés, y compris surtout le faux passeport de Juan Cesar. Mon père, oui, a fabriqué un faux passeport au Brésilien Juan Cesar pour qu'il puisse jouer en France. Et ce fut ça qui déclencha toute l'histoire. Ce fut ça qui attira la colère des fédérations, à cause de la jalousie qu'ils avaient qu'une petite ville comme Brest ait découvert un joueur aussi talentueux que Juan Cesar.

Ce n'est pas faute d'avoir essayé d'amadouer la cour avec le nom de Juan Cesar, que l'avocat ait bien essayé de faire entendre au juge son exceptionnel talent et tout le bonheur que ce garçon avait apporté à une ville aussi blessée, aussi meurtrie que Brest, que tout cela en comparaison d'un faux passeport était cent fois plus important et qu'à sa manière mon père avait participé au bonheur de cette ville, au moment même où l'arsenal licenciait à tour de bras, au moment où le port de commerce pliait sous les dettes, malgré tout une lueur d'espoir avait brillé dans les yeux de tous les Brestois grâce à Juan Cesar et donc grâce à mon père. Mais rien n'y fit. Le tribunal n'a jamais aimé le foot, le procureur de la République n'a jamais aimé le foot.

Le procureur de la République a toujours préféré les quatorze millions qui s'étaient comme absentés, disait-il ironiquement, des caisses du club. Absentés, répétait-il en levant la main vers le ciel, comme pour reprendre l'expression de mon père qui disait toujours « je ne m'explique pas l'absence de ces quatorze millions », et ça faisait sourire le procureur, malgré toute l'amitié qu'il avait pour mon père.

Malgré toute l'amitié surtout qu'il avait pour ma mère, encore que ce soit plutôt sa femme qui fut une amie, si seulement on peut dire « amie » pour quelqu'un avec qui ma mère jouait au bridge une fois par semaine, tous les vendredis soirs exactement et par quoi le titre d'ami avait été décerné par alliance au procureur de la République. Pour rien au monde ma mère n'aurait manqué de s'asseoir là, à la table de bridge la plus en vue de la ville, avec les femmes les plus en vue de la ville, avec la femme du commissaire principal de la ville et la femme, donc, du procureur de la République.

Mais donc, même en tant qu'ami supposé de ma mère, le procureur de la République ne pouvait pas faire moins, étant donné la situation, étant donné les quatorze millions qui manquaient dans la caisse de la société, il ne pouvait pas faire moins, a-t-il dit à ma mère, que de destituer mon père et de l'encourager à l'exil. C'est même en tant qu'ami qu'il a évoqué le Languedoc-Roussillon comme la région idéale pour l'exil et comme une des régions les plus belles de France. Mais quelqu'un qui vous dit que le Languedoc-Roussillon est une des régions les plus belles de France, moi je n'appelle pas ça un ami.

Ma mère non plus ne l'appelle plus depuis longtemps son ami, comme longtemps elle le fit, comme longtemps elle employa l'expression « mon ami le procureur de la République », dès que l'occasion se présentait, dès qu'elle provoquait l'occasion pour le dire. D'un coup cette expression semblait tombée en désuétude. Du jour où mes parents mirent les derniers cartons dans le camion de déménagement, d'un coup on n'entendit plus parler du procureur de la République.

On n'entendit plus parler de grand monde à vrai dire, du jour où mes parents ont mis le cap sur le Languedoc-Roussillon, longeant l'Atlantique derrière un lourd camion de déménagement, lisant fixement des heures durant, les yeux tout embués de larmes, les lettres écrites en noir sur les portes arrière : Les déménageurs bretons.

Et moi je suis resté là, à les narguer de loin, quand bien même j'ai dû moi aussi quelquefois dans la rue supporter les regards insultants, me détourner quelquefois des sourires, disons, ironiques et des « quatorze millions » chuchotés par le fils Kermeur qui s'était comme spécialisé dans l'ironie contre mon père, contre ma famille en général, contre moi bien sûr accompagnant ma grand-mère au cimetière toutes les semaines et dînant avec elle tous les soirs, elle qui tous les soirs encore pleurait sur le sort de sa fille, à cause de l'opprobre jeté sur elle ici, dans sa ville natale et maintenant salie, disait-elle, ton père a sali la famille, disait-elle de cet œil noir et comme ulcéré qui la protégeait, croyait-elle, des rumeurs sourdes quand on dînait dans la grande salle vitrée du Cercle Marin, vitrée mais comme obscurcie par son gendre, et les quatorze millions qui circulaient comme du vent dans la ville.

Et je n'ai pas mérité ça, pleurait-elle, c'est affreux, disait-elle comme si le sort s'était acharné contre elle, lui refusant de profiter de sa fortune tardive et d'arranger sa fin de vie, selon son expression à elle, « fin de vie », disait ma mère aussi en assurant l'avoir toujours entendue le dire, qu'elle allait arranger sa fin de vie.

Il faut dire, il y eut une concomitance troublante entre les ennuis de mon père et la fortune de ma grand-mère, disons, entre les dix-huit millions positifs de ma grand-mère et les quatorze millions négatifs de mon père. On aurait dit comme des vases communicants. Là-dessus je n'ai jamais réussi à débrouiller l'écheveau, tout ça est resté très flou et très indistinct mais je suis sûr qu'il y a des relations inconscientes, bien sûr inconscientes, entre le devenir pauvre de mes parents et le devenir riche de ma grand-mère.

Il faudra bien qu'un jour je démêle tout ça, disais-je au fils Kermeur. Après tout, ajoutais-je, toutes ces choses sont en partie écrites sur ma joue, sur la marque de sa main sur ma joue, alors je te jure qu'un jour, un jour quand j'aurai quitté Brest, je ferai parler ma joue. Un jour quand j'aurai du recul sur tout ça, lui ai-je dit tout à fait sentencieusement, j'écrirai cette histoire.

Quand je lui ai dit ça, au fils Kermeur, je m'en souviens comme d'hier, certain comme d'habitude qu'il resterait muet, indifférent à mes phrases trop flottantes, au lieu de ça ce qu'il a fait, en même temps qu'il venait d'allumer une cigarette, en même temps qu'il recrachait la fumée de la première bouffée, il m'a regardé d'abord comme une bête curieuse et comme s'il allait s'étouffer, il a éclaté de rire, de ce rire pulmonaire qui mélangeait son souffle et la fumée jaunâtre qu'il crachait du même coup, oui, il a ri sans pouvoir s'arrêter pendant de longues secondes. Et regardant encore les étagères de livres qui recouvraient les murs, redevenu sérieux il a fini par dire : mais tout le monde s'en fout des histoires de famille.

Là-dessus, je ne peux pas dire que le fils Kermeur ait jamais eu tort. Même aujourd'hui, avec tout le recul que j'ai sur la situation, je peux dire comme lui que oui, tout le monde s'en fout des histoires de famille. Mais tout le monde s'en fout de tout, aurais-je quand même pu lui répondre si le sens de la repartie ne me venait pas toujours avec retard, avec plusieurs années de retard quand je me dis désormais que oui, c'est ça, exactement ça que j'aurais dû lui répondre.

Alors peut-être ce jour-là plus qu'un autre j'ai compris qu'à mon tour je quitterais la région pour habiter un vrai endroit, une vraie ville comme par exemple Paris, que seulement dans ces conditions je pourrais vivre normalement et peut-être me concentrer normalement et donc écrire normalement, que si je ne suis pas parti dans le Sud, répétais-je inlassablement au fils Kermeur, c'est d'abord pour ça, pour être en paix avec moi-même et que seulement dans ces conditions-là, pacifiques, je pourrais écrire des livres, ainsi que j'avais prévu de faire depuis l'âge de neuf ans, depuis que j'avais compris que je ne serais pas plus footballeur que pilote de ligne, de ces choses qu'on comprend très clairement à l'âge de neuf ans, qu'il vaut mieux comprendre à l'âge de neuf ans parce que après c'est trop tard.

Le fils Kermeur a toujours cru que je ne partirais pas. Même cet ultime soir au comptoir d'un café sur le port de commerce, je ne sais plus quel alcool dans nos verres, même cet ultime soir quand je l'avais prévenu que cette fois je partais, que cette fois c'était sûr, quand ma mère m'avait prévenu qu'ils allaient revenir dans le Finistère, qu'avec mon père ils projetaient de revenir, même cet ultime soir véritable il mettait encore sa main sur mon épaule et comme un vieil adage il semblait dire que ça durerait toujours entre nous, parce qu'on faisait une bonne équipe tous les deux, parce qu'on était vraiment amis. Et moi à l'intérieur de moi je me disais qu'il avait sûrement raison, et que c'était mon problème, de n'avoir jamais su avec qui être ami.

II

TROIS ANS PLUS TARD

1

J'ai pris le train pour Brest le 20 décembre 2000 au matin, afin d'arriver chez mes parents pour déjeuner et même un peu avant puisque maintenant depuis la gare Montparnasse en moins de cinq heures on peut rejoindre la gare de Brest. Alors ayant pris le train de 6 h, à 11 h à peine j'ai posé le pied sur le quai de la gare, ma plutôt lourde valise dans la main gauche, et pour une fois j'étais décidé à passer dix jours là, en famille, dix jours et pas un de plus, m'étais-je quand même promis, afin notamment de m'épargner le jour de l'an.

Quand bien même ils étaient revenus habiter en Bretagne, quand bien même pour la première fois je n'avais pas dû prendre un train pour le sud de la France, je m'étais toujours promis ça dans ma vie, de ne pas commencer une nouvelle année en famille, parce que j'ai toujours accordé beaucoup d'importance au premier jour de l'année, trop certain que basculer dans une nouvelle année en famille m'empêcherait de vivre sereinement les douze mois à venir, a fortiori l'année 2001, parce que cette fois ça voulait dire non seulement commencer une nouvelle année mais un nouveau millénaire en famille et ça, non, ça ce n'était pas possible.

Je me souviens y avoir réfléchi plus tard, que cette histoire de millénaire débutant avait sûrement eu une influence néfaste sur le climat électrique qui régna ces quelques jours, ces moins de dix jours en réalité puisque finalement je ne suis pas resté dix jours. J'avais pourtant préparé une valise en prévision, avec exactement dix paires de chaussettes et plusieurs pull-overs parce que ma mère m'avait dit au téléphone, elle m'avait dit, comme si j'étais un étranger débarquant pour la première fois en Bretagne, qu'il valait mieux prévoir des pulls et aussi un manteau pour la pluie, comme si je ne savais pas, comme si le monde entier ne savait pas qu'en Bretagne en décembre il pouvait pleuvoir et même faire froid. Mais enfin j'avais quand même écouté les conseils de ma mère, et ça m'avait d'autant moins gêné de remplir ma valise, de la trouver même un peu lourde que je savais que mon père en personne serait là, à la gare, venu me chercher.

Effectivement il était là, mon père, assis derrière les vitres teintées de sa voiture à l'arrêt-minute, lui qui ne serait sûrement pas descendu de sa voiture pour m'accueillir sur le quai, encore moins m'aider à porter ma valise que de toute façon j'aurais refusé qu'il porte, à cause de ce qu'il y avait dedans et qui la rendait trop précieuse pour être mise dans les mains de n'importe qui, même de mon propre père, surtout de mon propre père.

Donc cette année-là je suis retourné à Brest, à côté de Brest exactement, sur la côte sauvage en réalité, là où on peut se retrouver sur la dune à regarder les mouettes et la mer ce jour-là plutôt calme. Tellement calme ce jour-là que depuis la route on pouvait voir l'île d'Ouessant contredire l'horizon, et contredire aussi mon père qui pour seule phrase depuis qu'on avait quitté la gare, depuis que j'étais monté à côté de lui dans sa grosse Renault, m'avait dit : « c'est brumeux ce matin sur la côte ». Or ce n'était pas du tout brumeux sur la côte ce matin-là quand la mer s'était présentée à nous, quand la route avait semblé un instant se jeter dans l'eau bleue, parce que la brume entre-temps s'était levée comme souvent si vite dans cette région.

La brume à cet instant, ce n'était plus que les Gitanes sans filtre que mon père allumait l'une sur l'autre au milieu de quelques phrases absentes, très absentes même, puisque je crois qu'on ne s'est pas parlé du trajet, comme rendus plus silencieux encore par la mer endormie qu'on longeait maintenant sur la seule route tracée qui sillonnait la dune, où chaque rocher dressé à la surface de l'eau semblait comme une stèle apaisée à la mémoire du vent. Mais c'est à peine si je la regardais, la mer, attentif seulement à l'instant où on apercevrait cette maison dont ma mère m'avait parlé cent fois au téléphone, on ne peut pas la rater, disait-elle, tu verras comme elle est belle. Et dans le ciel sans reproche, bientôt on pourrait voir, comme sur un promontoire exprès, la solitude de la maison se profiler à l'horizon de la route, exactement comme je l'imaginais, comme un rocher que la mer aurait jeté un jour énervé d'équinoxe, vieux mélange de granit et d'ardoise dont chaque marée trop haute sous chaque rafale trop grande venait encore rafraîchir le vieux lierre sur la façade si fière, érigée comme un défi bourgeois à la mer millénaire. C'est moi qui suis descendu pour ouvrir les vantaux du portail, et mon père a garé la voiture, au pied du granit et des hortensias, devant la maison familiale, ce qu'il serait convenu d'appeler la maison familiale, s'il n'y avait dans ce mot quelque chose de trop solide et de trop chargé d'histoire.

C'était, disons, la nouvelle maison que mes

parents avaient enfin achetée avec une partie de l'héritage de ma grand-mère, et en ce sens on peut dire que cette maison était chargée d'histoire, que l'argent qui a servi à l'acheter était lui-même chargé d'histoire, que l'argent en général est chargé d'histoire mais disons, tout argent qui est passé dans les mains de mes parents l'est encore plus. Partout où mes parents se sont installés, partout où ils ont touché de l'argent, ça s'est immédiatement chargé d'histoire.

Donc mes parents étaient revenus habiter là, non pas à Brest mais sur la côte, dans leur patrie, disaient-ils, de sorte qu'à l'instant où j'ai ouvert la portière de la voiture pour fouler le sol du jardin, même si forcément l'air lui-même était chargé de tous les problèmes de mon père, même si le bleu du ciel était comme un leurre dans nos têtes, la seule chose qui semblait compter, ce qui semblait l'événement, c'était mon arrivée exceptionnelle là, sous l'ombre des pierres, devant la vieille façade et l'arrogance des vitres.

Depuis bientôt trois ans qu'ils étaient revenus s'installer en Bretagne, c'était la première fois que je venais les voir et en ce sens c'était un événement. C'est pourquoi ils étaient là, derrière la fenêtre du salon, à me regarder comme une bête curieuse, mon frère et ma mère tous les deux posés là comme des poissons dans un aquarium, avec le sapin de Noël qui clignotait derrière eux comme dans un film suédois. Tous les deux, avec leur tête de poisson nordique, ils m'ont regardé négocier la sortie de la valise depuis le coffre de la voiture et comment je me suis arrangé pour la manier avec précaution. À cet instant j'ai pensé que j'avais comme une bombe avec moi, que dans ma valise il y avait une bombe qui pouvait exploser d'une minute à l'autre.

Sûrement la première chose qui serait venue à l'esprit de mon père, si d'aventure il avait porté la main pour m'aider à sortir la valise du coffre de sa grosse Renault, et que forcément j'aurais refusé, sûrement sa première idée, vu la période de l'année, aurait été que dans ma valise il y avait un cadeau pour lui, un cadeau fragile pour lui et qu'à ce titre bien sûr j'aurais refusé qu'il la soulève.

Mais je suis obligé de dire que ce n'est pas exactement ça qu'il y avait dans la valise, je suis obligé de dire que ce n'était pas vraiment un cadeau pour mon père ni pour aucun membre de la famille, non, ce qu'il y avait dans ma valise, enfoui sous les chaussettes et les pull-overs, c'était seulement cent soixante-quinze pages écrites par moi, cent soixante-quinze pages que je venais de passer deux ans à écrire et qui racontaient, dans le détail, l'histoire de ma famille.

J'ai fini par faire ça, oui, vidé le grand sac familial sur cent soixante-quinze pages que pour rien au monde je n'aurais laissées là, à Paris, abandonnées sur mon bureau, au gré des incendies et des voleurs et des inondations, au gré des intempéries parisiennes. Alors sans réfléchir, avant même d'y mettre des pull-overs et des chaussettes, j'ai calé les cent soixante-quinze pages dans le fond de ma valise. Et je peux dire que ce n'était pas du tout un cadeau pour mon père, encore moins pour ma mère, parce que ce n'est jamais un cadeau pour personne que de raconter l'histoire de sa famille. De toute façon, mon histoire familiale n'intéressait personne, et mon histoire familiale n'est jamais devenue un livre, pour toutes les raisons que j'aurai sûrement l'occasion d'expliquer, mais seulement un manuscrit que j'avais soigneusement rangé dans ma valise, que maintenant pour la première fois j'allais faire entrer dans la maison. J'ai pensé : c'est comme des poupées russes, maintenant dans la maison familiale il y a l'histoire de la maison familiale.

Et tout le monde était curieusement gentil avec moi, tout était calme comme la mer ne l'est jamais à cette époque et peut-être à cause de tout ça j'aurais dû me méfier, à cause de la douceur inhabituelle qui régnait dans cette maison, à cause des questions innocentes que ma mère me poserait, et notamment des questions liées à ce que je faisais à Paris, à l'idée qui m'avait pris d'aller habiter Paris – lubie plutôt qu'idée, pensait bien sûr ma mère, persuadée que ça me passerait, que bientôt je reviendrais vivre avec eux dans la grande et nouvelle maison familiale.

Mais quand bien même j'aurais échoué en tout, quand bien même Paris serait devenu la ville hostile par excellence, je ne serais jamais revenu là, sur la côte sauvage, vivre avec mes parents, et je le serais d'autant moins que Paris n'était pas devenu la ville hostile par excellence, plutôt une ville hospitalière, la ville de l'exil positif.

Du jour où j'ai posé le pied sur le sol de la gare Montparnasse, du jour où j'ai visité ma future chambre parisienne, à peine je me suis approché de la fenêtre pour respirer l'air de Paris, à peine j'ai embrassé la vue sur le jardin du Luxembourg, déjà quelque chose en moi avait élu Paris comme avenir. Dès que j'ai vu le panorama sur le jardin du Luxembourg, sur les petits enfants qui poussent leurs bateaux à voile dans le bassin du Luxembourg, j'ai su tout de suite que je prendrais cette chambre-là, pour longtemps.

Jamais ma mère n'a compris ce qui m'avait pris d'aller habiter Paris et particulièrement d'y partir au moment même où eux, mes parents, revenaient habiter en Bretagne, c'est-à-dire, selon ses propres termes, au moment où ils refermaient la parenthèse de leur exil à eux dans le sud de la France, où ils étaient quand même restés quatre ans, quatre ans à vendre des cartes postales à Palavas-les-Flots.

Ainsi tu refuses de refermer la parenthèse, disaient les yeux de ma mère ce 20 décembre, mais un jour il faudra bien que tu te rendes à l'évidence, disaient encore les yeux de ma mère, il faudra bien que tu refermes la paren-thèse et donc, suggérait-elle intérieurement, que tu reviennes. Dans dix ans elle attendra encore ce jour où je reviendrai habiter avec eux. Mais ce jour n'arrivera jamais, maman, jamais tu m'entends ?

Et ce n'était pas maintenant, alors que j'avais soigneusement vidé mes poubelles familiales dans mon bureau parisien, mainte-nant que j'avais noirci cent soixante-quinze pages sur ma famille entière, ce n'était pas maintenant que je cèderais. Au contraire, c'est parce que j'en avais fini avec cette histoire que j'ai pensé que cette année-là, oui, exception-nellement j'ai pensé que ce serait possible de passer Noël en famille, que seulement main-tenant, ayant achevé ce que j'avais fini par appeler « mon roman familial », je pouvais prendre le train dans ce sens-là, depuis Paris jusqu'à Brest, comme s'il ne s'était rien passé pour personne, comme si mes parents ne s'étaient jamais exilés dans le sud de la France, comme si moi je n'avais jamais pris un train de Brest jusqu'à Paris trois ans plus tôt, comme si on avait toujours vécu là, dans cette maison de famille, avec mon frère et ma mère clignotant devant le sapin électrique, avec la neige carbonique sur les carreaux vitrés, avec ma mère si bizarrement aimable et mon père si assis toute la sainte journée.

2

Ce 20 décembre, on avait même fait descendre ma grand-mère de sa chambre. J'ai mesuré l'importance de mon arrivée à ce détail-là, qu'ils avaient exceptionnellement aidé ma grand-mère à descendre, tandis que depuis deux ans je savais très bien qu'ils ne la faisaient descendre que dans les grandes occasions, que le reste du temps elle vivait là, au deuxième étage, dans le grenier aménagé exprès pour elle, d'où ils étaient sûrs qu'elle ne s'échapperait pas. Je devrais dire, qu'elle ne leur échapperait pas, parce que c'était parmi leurs grandes craintes, que ma grand-mère leur fausse compagnie, ce dont elle était entièrement capable malgré son grand âge, ayant conservé assez de lucidité pour vouloir encore ça, partir, même si désormais elle était faible et vraisemblablement fatiguée par cette nouvelle vie, cette nouvelle fin de vie, devrais-je dire.

Après tout, c'était avec son argent à elle qu'ils avaient acheté cette maison, cette maison au-dessus de leurs moyens à eux mais largement dans ses moyens à elle qui étaient en quelque sorte devenus, par procuration, leurs moyens à eux. C'était avec son argent à elle qu'ils avaient pu revenir en Bretagne la tête presque haute, et reprendre, ma mère surtout, reprendre la situation familiale bien en main.

Depuis longtemps on peut dire que ma mère avait la situation familiale bien en main mais encore plus depuis qu'ils étaient revenus s'installer là, depuis qu'elle avait aménagé ce grenier pour sa mère, qu'elle avait réussi, comment dire, à inverser les rôles : aussi bien on aurait dit que c'était ma grand-mère qui vivait à leurs dépens, tandis que c'était absolument le contraire. Mais ma mère donnait si bien le change que tout le monde semblait compatir à cette situation, par laquelle ma mère était au bord du sacrifice pour sa propre mère.

Même mon père, surtout mon père, s'était arrangé pour ne pas comprendre la situation, pourvu qu'il puisse se mettre au volant de sa nouvelle grosse voiture que ma mère lui avait payée avec l'argent, donc, de ma grand-mère, cette même voiture avec laquelle il était venu me chercher à la gare, caché derrière les vitres teintées, ainsi qu'il avait insisté auprès du garage, qu'il n'achèterait la voiture qu'à condition qu'elle ait des vitres teintées, et toujours à cause de la peur qu'on le reconnaisse, qu'à n'importe quel feu rouge un type descende et l'insulte et lui parle des quatorze millions volatilisés, voire du passeport de Juan Cesar lequel, sûrement, le pauvre Juan Cesar, croupissait dans une geôle brésilienne.

Jamais plus je n'ai entendu parler de Juan Cesar tandis qu'il avait occupé les conversations quotidiennes des années durant, d'un coup il avait disparu du cerveau familial. Grâce à Juan Cesar pourtant, je m'en souviens très bien, Brest a battu la grande équipe de Saint-Étienne, celle dans laquelle Michel Platini jouait encore avant de partir à la Juventus de Turin, ce même jour où Michel Platini avait signé un autographe sur mon ballon de foot, quand j'y jouais encore, au foot, dans l'équipe des poussins. On appelait ça les poussins à l'époque. Il y avait six équipes de poussins : les A, les B, les C, les D, les E et enfin les F. Moi je jouais dans l'équipe F.

J'ai mis longtemps à comprendre que l'ordre décroissant des lettres correspondait au niveau de jeu que les entraîneurs avaient évalué, ce qui voulait dire que j'étais dans la plus mauvaise équipe de ma génération et que je n'avais donc aucune chance de devenir footballeur professionnel ainsi que je l'avais toujours souhaité, disons, jusqu'à l'âge de neuf ans, jusqu'à ce jour où j'étais rentré du foot en pleurant parce qu'on m'avait expliqué la différence entre l'équipe A et l'équipe F, que donc ce n'était pas le hasard qui m'avait mis dans l'équipe F mais que je n'étais pas doué, je m'en souviens très bien, c'est le mot qu'a employé l'entraîneur de l'équipe, il a dit : je suis désolé de te le dire mais tu n'es pas doué pour le football, je m'en souviens comme d'hier, de sa tête d'entraîneur de foot, de sa voix d'entraîneur de foot, sonnant à la porte de chez mes parents pour dire ça à ma mère, qu'il valait mieux que je ne me fasse pas d'illusions sur le football.

En vérité, depuis longtemps déjà ma mère avait décrété que je ne serais pas footballeur, disons, que je n'étais pas sportif en général, mais plutôt un intellectuel, parce que le monde pour elle s'est toujours divisé en deux catégories très simples, les manuels d'un côté et les intellectuels de l'autre, et que moi j'avais toujours été ça, un intellectuel, pour la bonne raison que je lisais des livres en m'endormant, tandis que mon frère, lui, avait toujours été considéré comme manuel, d'une part parce qu'il ne lisait pas en s'endormant, d'autre part parce qu'il jouait dans l'équipe A et avait donc toutes les chances de devenir footballeur professionnel, ainsi qu'il advint par la suite. Mon frère, oui, celui qui clignotait derrière la fenêtre au gré du sapin électrique, ce même frère est devenu footballeur professionnel, même si, bien sûr, il l'est devenu dans le sud de la France. Je sais que mon frère aurait préféré faire sa carrière au Stade Brestois mais à cause des problèmes de mon père, bien sûr la question ne s'était pas posée.

La seule question qui s'était posée, c'était que mon frère arrête immédiatement le football, comme l'aurait voulu ma mère du jour même où notre nom fut cité dans le scandale financier du Stade Brestois. Dès que mon père a été associé à ce scandale, dès que la photographie de mon père a paru sur la première page du Télégramme de Brest, écrit en gros « Où sont passés les millions ? », ma mère a pris mon frère à part et lui a dit solennellement qu'il fallait qu'il arrête le football, qu'il ne pourrait jamais devenir un footballeur professionnel avec le nom qu'il portait, avec la honte désormais liée à ce nom, n'a-t-elle pas dit mais signifié par son silence, par la solennité avec laquelle elle avait pris mon frère à part. Mais mon frère a tenu bon. Tant qu'il jouerait dans l'équipe A, a-t-il juré, il ne quitterait pas le football, dût-il jouer dans le Languedoc-Roussillon, a-t-il ri au nez de ma mère. Je sais que mon frère a toujours été très affecté de n'avoir jamais porté les couleurs du Stade Brestois, même si c'est une chose qu'il préfère ne pas voir soulevée dans la conversation familiale, ni ça ni beaucoup d'autres choses qu'il m'a confiées sous le sceau du secret. En vérité, notre fraternité s'est construite là-dessus, sur des choses que les autres ne sauraient jamais. Et ça continuait encore, à mesure pourtant qu'on n'était plus les mêmes, à mesure au fond qu'on franchissait doucement, chacun, la ligne d'ombre de l'enfance. Alors ce 20 décembre quand je suis entré là, dans cette maison, quelque chose en nous aussitôt avait retrouvé ça, l'enfance et la fronde contre eux tous, parce qu'il y avait de quoi faire.

Oui il y avait de quoi faire, pensais-je encore en voyant ma grand-mère en haut de l'escalier au bras de lui, mon frère, qui l'aidait à descendre, et comprendre en même temps qu'elle aussi, à sa manière, avait capitulé depuis longtemps. Non pas sans doute intérieurement, il est certain que ça continuait à fourmiller et à penser sans réserve, mais disons, extérieurement, murée sous son maquillage et le presque silence, extérieurement c'était comme un grand vide depuis qu'elle était enfermée là chez elle, au deuxième étage de la maison, et je ne sais même pas si on peut dire « chez elle » pour ce grenier aménagé exprès pour elle, duquel elle était exceptionnellement descendue le jour de mon arrivée, en l'honneur du fils prodigue, ironisait déjà mon frère.

À peine j'ai franchi le seuil de la porte, ce 20 décembre, ma valise à mes pieds dans l'entrée, à peine j'ai embrassé ma mère, la première personne que j'ai vraiment vue, c'est elle, ma grand-mère. Je me souviens de ce qu'elle a dit devant tout le monde en me voyant, elle a dit : « mon petit-fils préféré ». Mais quand elle s'est écrié ça, « mon petit-fils préféré », il a bien fallu que je baisse un peu les yeux, à cause de mon frère d'une part qui me regardait jalousement, à cause des cent soixante-quinze pages d'autre part, dans lesquelles elle n'était pas du tout épargnée, dans lesquelles elle n'était pas « ma grand-mère préférée » parce que j'avais considéré qu'il ne fallait épargner personne, compte tenu de l'esprit général de cette famille et compte tenu aussi que c'était un roman, et qu'à ce titre de roman il avait bien fallu que je force un peu les traits.

Il avait bien fallu que je rende certains événements plus attrayants, disons, plus dramatiques qu'en réalité, et c'est pour ça que dans mon roman familial, dans ce que j'avais fini par appeler mon roman familial, il avait fallu d'abord que ma grand-mère soit morte.

3

Un roman familial sans enterrement, ai-je pensé en l'écrivant, ce n'est pas un vrai roman familial. Alors il avait fallu qu'il y ait un enterrement dans son cimetière, dans le cimetière où je m'étais promené des après-midi entiers avec elle. En vérité, mon roman s'ouvrait exactement là-dessus, sur la mort de ma grand-mère et plus exactement encore sur son enterrement, sur le moment où le cortège s'avance doucement dans l'allée et où tout le monde marche tête baissée avant de faire descendre le cercueil dans la fosse, avec le silence lourd et le soleil, surtout le soleil ce jour-là qui contrastait avec le marbre noir. Et le cortège muet avait entamé l'allée du cimetière, passant devant chaque tombe comme devant les rayons d'une bibliothèque, avançant parmi les pierres closes et calmes, où seul le craquement des chaussures sur le gravier était venu résonner dans l'air sec, exceptionnellement sec en ce jour d'hiver.

Et maintenant quand je la voyais en face de moi, bien vivante dans la maison, je voyais ça, son corps allongé dans le cercueil et ma mère avec ses lunettes noires jetant la première poignée de terre dans la fosse, et le silence qui avait suivi, le silence infernal là, dans la concession familiale, celle-là même qu'elle avait toute sa vie si bien entretenue et comme préparée pour ce jour mortuaire, où je l'avais vue cent fois sarcler le sol autour des pierres tumulaires. Alors c'est dans ce cimetière-là que, sans hésiter ni même réfléchir, j'avais décrit l'enterrement prématuré de ma grand-mère, ça et le silence, ça et l'absence de larmes, parce que personne n'a pleuré à cet enterrement-là de ma grand-mère.

Personne n'a pleuré non plus au véritable enterrement de ma grand-mère qui a eu lieu depuis, l'année dernière exactement, plusieurs années après ce fameux Noël 2000, personne n'y a plus pleuré qu'à l'autre enterrement mais enfin il y avait quelque chose de plus banal : un enterrement normal sous la pluie fine, un jour d'avril, et le sermon normal du prêtre, tandis que dans mon roman familial, non, il y avait seulement les proches posant hiératiquement devant la tombe, tout de noir vêtus, et le soleil qui fabriquait des contre-jours d'autant plus noirs, d'autant plus vernis par la lumière que les pierres tombales faisaient comme des escaliers qui dégageaient aux morts une vue qu'on aurait dit prévue par Dieu lui-même.

Voilà comment débutait véritablement cette histoire, de cette manière énigmatique et bien sûr de cette manière romanesque, à l'enterrement de ma grand-mère, où on sentait bien qu'il allait se passer des choses violentes et tendues, des choses, disons, gothiques, parce que ce que je voulais aussi, c'était que ça fasse comme un roman anglais du XIXe siècle, quelque chose comme *Les Hauts de Hurlevent*. D'un côté je voulais faire un roman familial à la française, de l'autre je voulais faire un roman à l'anglaise, et cela d'autant plus que tout se passe en Bretagne et pire qu'en Bretagne, dans le Finistère Nord, c'est-à-dire dans la partie la plus hostile, la plus sauvage et la plus rocheuse de Bretagne, alors c'était d'autant plus normal de donner à tout ça un côté, disons, irlandais, un côté Cornouailles avec des oiseaux noirs et des pierres fatiguées. Et parce qu'ils l'ont bien cherché. Mes parents l'ont bien cherché en achetant cette maison sur la mer et battue par les vents, cette maison qu'ils avaient choisie inconsciemment pour son côté gothique, pour ses mouettes rieuses et ses corbeaux malveillants.

Soi-disant, répétait mon père, ils avaient choisi cette maison pour ne plus rien voir d'autre que de l'eau, de l'eau et du vent, mais le vent est évidemment un choix gothique, particulièrement là, dans le Finistère Nord, ce même vent qui vient de si loin, se forme si loin au large, et vient comme un oiseau marin qui aurait parcouru des milles et des milles sans jamais un obstacle, sans jamais rien pour contredire sa force avant de venir se heurter, sur le premier obstacle depuis l'océan, c'est-à-dire sur les murs de pierres de la maison familiale, venu aveuglément s'écraser et faire vibrer les fenêtres.

Quelquefois même, mon père se mettait à la fenêtre, et quand le vent soufflait fort il se mettait à rire comme un fou et le vent ramenait son rire dans la maison et le faisait résonner dans l'escalier. Cela, c'était la vérité anglaise de ma famille. Mais d'autre part c'était une famille française, avec des histoires à la française, des histoires d'argent et d'héritage français, à cause de la fortune d'Albert, à cause de ma mère, à cause aussi des Kermeur, de madame Kermeur d'un côté et de son fils de l'autre, à force que ma mère veuille les écarter comme dans une version expurgée de l'histoire. Mais on n'écarte pas le fils Kermeur comme ça, oh non, pas comme ça.

Alors dans mon roman familial, à l'enterrement de ma grand-mère, quand ma mère a lancé la première poignée de terre sur l'ébène, au moment même où la terre a frappé le bois du cercueil, à cet instant précis et sombre et solennel, on a entendu derrière nous le crissement d'une silhouette sur le gravier, tous on a senti que quelqu'un arrivait derrière nous, quelqu'un qui n'aurait pas dû être là. Et ma mère comme par réflexe s'est retournée et elle a vu, se tenant là debout comme sorti de nulle part, elle a vu en arrière de nous tous, l'œil noir et la silhouette rocailleuse, elle a vu, oui, le fils Kermeur. Et elle a eu peur, ma mère, oui très peur, parce que le fils Kermeur, ce jour-là dans mon roman familial, venait régler des vieilles histoires.

C'est vrai qu'il y a beaucoup de choses que je n'ai pas dites concernant le fils Kermeur, des choses aussi me concernant et concernant ma mère, si dans ce triangle-là, le fils Kermeur, ma mère et moi, en effet il y a tout le cœur et le sang de cette histoire. Et c'est vrai qu'il y a des choses dont il va bien falloir que je parle parce que ce sont des choses importantes dans la suite de cette histoire, des choses qu'en vérité ma mère a toujours cherché à tenir à l'écart et que d'une certaine manière elle est parvenue à tenir à l'écart, comme dans une version expurgée de l'histoire, mais moi je suis obligé d'en reparler, je suis obligé de remettre le fils Kermeur comme au centre de l'échiquier. Dans ma version à moi des faits, qui n'est pas une version partagée par tous et d'abord, pour toutes les raisons que j'aurai l'occasion d'expliquer, pas du tout par ma mère, le fils Kermeur occupe une place de choix. Il est même le déclencheur de toute l'histoire. C'est pour ça que dans mon roman familial, le fils Kermeur débarquait dès les premières pages de manière menaçante et inattendue le jour même de l'enterrement de ma grand-mère, parce que c'est comme ça que je pouvais lancer toute l'intrigue, et expliquer, entre autres, qui était le fils Kermeur et qui était ma mère et qui était ma grand-mère pendant cent soixante-quinze pages, parce que tout le suspens reposait sur le début, à savoir qu'on se demandait tout le temps : mais qui est le fils Kermeur et qu'est-ce qu'il vient faire là ?

III

LE FILS KERMEUR

1

On était à l'école ensemble, le fils Kermeur
et moi. C'est comme ça qu'on se connaissait
de bien avant, je veux dire, de bien avant que
madame Kermeur devienne la femme de
ménage de ma grand-mère. Le fils Kermeur
était plus âgé que moi mais il a redoublé très
tôt et donc on s'est retrouvés très tôt dans la
même classe. J'ai redoublé, disait-il, parce que
j'étais inadapté au système scolaire. Et il était
fier de répéter ça, inadapté. Toujours garde
en réserve de l'inadaptation, disait-il. C'était
sa grande phrase, disons, une de ses grandes
phrases.

Mais si on m'avait dit qu'un jour on se retrou-
verait après tout ce temps, disait le fils Kermeur, et dans des conditions si improbables.

Et c'était vrai, c'était improbable que nos
routes se recroisent. Mais c'est arrivé. C'est

arrivé le jour exactement de mon emménagement chez ma grand-mère, ce jour alors que
je n'avais pas vu le fils Kermeur depuis
cinq ans, à peine ma mère a garé la camionnette sur le trottoir et des cartons plein les
bras, à peine j'allais commencer de tout vider,
une silhouette a tourné le coin de la rue et je
l'ai reconnue tout de suite. Ma mère non, mais
moi malgré les années j'ai su tout de suite que
c'était lui et j'ai su tout de suite qu'il allait me
taper sur l'épaule. Le fils Kermeur est du
genre à taper sur l'épaule de quelqu'un qu'il
n'a pas vu depuis cinq ans.

Ça alors, toi ici ? dit-il en me tapant sur
l'épaule.

Ben oui, j'ai dit, tu vois, j'emménage.

Là, au rez-de-chaussée ?

Oui, j'ai dit, ma grand-mère habite au-
dessus, alors comme mes parents quittent
la région, eh bien moi je viens habiter ici,
en dessous de chez ma grand-mère.

Ah oui, il a dit assez fort, c'est à cause de
ton père ?

Et moi j'ai dit très doucement, oui, c'est ça,
à cause de mon père.

Mais qui est-ce ? a dit ma mère discrètement
en passant derrière moi.

Mais maman, mais c'est le fils de madame
Kermeur.

Et elle a tourné les talons vers la camionnette sans le saluer, parce qu'elle détestait le fils Kermeur depuis qu'on avait été à l'école ensemble, et plus encore depuis l'épisode du supermarché. Encore faut-il que je raconte l'épisode du supermarché, n'en déplaise à ma mère, mais je suis forcé de le raconter, à cause de la suite des événements.

Donc on était à l'école ensemble, Kermeur et moi, et tous les soirs ma mère venait me chercher à la sortie de l'école, tous les soirs sauf le vendredi, parce que le vendredi ma mère allait jouer au bridge avec les dames de la ville, et à cause de son bridge elle ne pouvait pas venir me chercher, et donc il fallait que je rentre à pied. Donc le vendredi, le destin, ou disons, le hasard géographique voulait qu'on fasse un bout de chemin ensemble, le fils Kermeur et moi. Et sûrement c'est le même hasard géographique qui voulait que quelquefois on passe devant le supermarché pour acheter une tablette de chocolat. Or il se trouve que ce jour-là, on avait particulièrement envie d'une tablette de chocolat, mais on n'avait pas d'argent. C'est là que le fils Kermeur a eu la mauvaise idée de penser qu'on allait se débrouiller quand même, ce qui voulait dire qu'on mangerait du chocolat sans argent, ce qui voulait dire qu'on le volerait. Évidemment c'était la première fois pour moi, pas pour le fils Kermeur, mais pour moi, oui.

Je me souviens, comme j'avais l'œil partout à cause du sentiment bizarre que déjà la ville entière nous dévisageait, alors quand je suis entré dans le supermarché, quand les portes électriques se sont ouvertes, déjà c'était écrit sur mon visage que ça se passerait mal. Toujours est-il que j'ai suivi le fils Kermeur jusqu'au rayon chocolat avec l'intention ferme de voler moi aussi une tablette de chocolat. Et quand il n'y a plus eu personne autour de nous, qu'on a bien vérifié dans les allées qu'il n'y avait personne, on a commencé à ranger les tablettes dans nos vêtements. Et le fils Kermeur riait, et il me disait, vas-y, prends-en plus, et déjà j'avais mis deux tablettes dans la ceinture de mon pantalon et lui au moins le double, et trois dans la poche de mon manteau, et lui au moins le double aussi. Et même moi j'arrivais à sourire en le faisant.

On en était là, exactement là quand j'ai vu le fils Kermeur tourner la tête d'un seul coup, un peu comme font les mouettes, très vite, et j'ai vu vers où il regardait et donc par réflexe j'ai regardé aussi par là, et aussitôt j'ai vu une sorte de grande ombre noire qui s'approchait doucement et nous recouvrait déjà.

En vrai sûrement elle s'approchait très vite mais dans ma tête c'était doucement parce que dans ma tête à partir de là tout s'est passé au ralenti. C'est au ralenti que le vigile a mis la main sur mon épaule, c'est au ralenti qu'il a dit, tu veux que je t'aide, petit ? en même temps qu'il me soulevait par la capuche de mon manteau, en même temps que je commençais déjà à trembler, je me souviens, j'ai eu le temps de me dire que c'était un mauvais rêve, que j'allais me réveiller et que ce monsieur était trop grand et trop sombre pour exister réellement et que je n'étais jamais entré vraiment dans ce supermarché et qu'il n'était pas en train de me soulever comme un sac de ciment.

Sauf que si. Et tout s'est mis à tourner autour de moi, la lumière traînante des néons, le grand flou métallique des rayonnages et l'ombre noire du vigile dans les yeux, plus rien qui ne ressemblait à d'habitude, et je m'entendais seulement hurler, lui dire de me lâcher, mais lâchez-moi, j'ai dit.

Je me demande ce qu'on vit dans la vie normale, parce que ça n'a rien à voir avec ces moments-là, les moments dans la vie où il se passe quelque chose vraiment, où le monde se tait d'un seul coup, où même à l'intérieur de soi tout s'arrête, le temps s'arrête, la pensée, les nerfs, et tout se tient bouclé, cotonneux, comme pour de faux, oui, comme pour de faux alors que c'est seulement là que c'est pour de vrai.

J'ai crié au secours plusieurs fois en espérant que le fils Kermeur allait m'aider et c'est à ce moment-là que j'ai vu, j'ai vu que le fils Kermeur n'était plus là, qu'il s'était envolé aussi comme une mouette, parce qu'il avait vu plus vite que moi le vigile s'avancer vers nous. Et déjà quand le vigile a dit de cette espèce de voix de caverne, je peux t'aider, petit ?, quand il a dit ça, le temps que je me retourne vers lui, le vigile, puis vers le fils Kermeur pour demander ce qu'on faisait, une fraction de seconde et il avait disparu.

Et maintenant c'était comme un tunnel devant moi, j'ai senti mes pieds qui traînaient sur le carrelage du magasin, le corps tiré par le vigile qui m'étranglait à moitié à force de tirer comme sur la laisse d'un chien. Petit con, j'ai entendu, sans que je sache s'il me parlait à moi ou s'il pestait déjà d'avoir laissé le fils Kermeur s'échapper.

Le fils Kermeur m'a dit plus tard qu'il n'avait jamais couru aussi vite de sa vie ni aussi longtemps. Il m'a dit qu'à cette vitesse où il s'était mis à courir jusqu'à l'autre bout de la ville, à cette vitesse-là il aurait sûrement gagné le cross du collège, alors qu'en vrai au cross du collège il arrivait toujours dernier. C'est pour ça qu'en général, moi, au cross du collège, j'arrivais aussi dans les derniers parce qu'on s'arrêtait fumer une cigarette dans les buissons et que je repartais avant lui pour ne pas éveiller les soupçons.

Ma mère se demandait toujours pourquoi j'étais dans les derniers, elle qui aurait voulu que j'arrive premier évidemment. Même pour des choses comme ça elle finissait par avoir honte de moi, à ce point que les jours de cross de collège, je savais d'avance qu'elle ne m'adresserait pas la parole de la soirée, parce qu'elle avait dû baisser la tête devant les autres mères d'élèves et particulièrement les mères des élèves qui étaient arrivés premiers.

Je crois que tu as des mauvaises fréquentations, disait ma mère, je crois que ce Kermeur déteint sur toi.

À l'époque elle ne connaissait pas la mère du fils Kermeur, pour la bonne raison que ma grand-mère ne connaissait pas encore Albert, mais ma mère savait quand même que madame Kermeur était une femme de ménage, et à ce titre pour ma mère c'était une mauvaise fréquentation. Si à l'époque on avait dit à ma mère que madame Kermeur deviendrait la femme de ménage de ma grand-mère, sûrement elle ne l'aurait pas cru.

Mais, depuis qu'elle m'avait vu serrer la main du fils Kermeur en sortant de l'école, c'est-à-dire accepter l'amitié de ce Kermeur, elle n'avait pas manqué de me dire que, évidemment, j'avais choisi le pire.

Je ne l'ai pas choisi, maman, je n'ai jamais choisi le fils Kermeur. C'est seulement que lui est venu vers moi le jour de la rentrée, il est venu vers moi et il m'a dit : toi tu seras mon ami, parce que tu le mérites.

Je n'ai jamais su pourquoi ça s'était passé comme ça, pourquoi j'avais mérité ça, mais le pire c'est que je ne lui ai jamais demandé, ni à l'époque ni plus tard, ce fut là ma plus grave erreur, celle qu'à l'évidence je paye encore aujourd'hui, de n'avoir pas eu le réflexe salutaire de dire non, de dire, c'est gentil merci mais je ne veux pas de ton amitié. Non, nous n'étions pas ce qu'on appelle des amis. Et tout aurait dû rester comme au départ, comme à la première impression, seulement il y a des gens qui veulent toujours forcer la première impression. Au lieu que tout soit paisiblement écrit dès la première fois, que dès la première fois s'étende une morne plaine à jamais, ils veulent absolument inventer une amitié qui n'existe pas.

Et ma mère avait parfaitement compris ça, je veux dire, parfaitement compris que le fils Kermeur était le dernier des cancres. Il faut être premier en tout, me disait-elle. Elle disait ça avant l'épisode du supermarché. Après l'épisode du supermarché, elle n'a plus jamais dit ça. À partir de ce jour, elle n'a plus compté sur moi pour rien du tout et d'une certaine manière c'est tant mieux, d'une certaine manière le fils Kermeur m'a sauvé de ma mère, ai-je analysé bien plus tard en marge de mon roman familial – je veux dire, pas directement dans mon roman familial, mais parmi toutes les notes, disons psychologiques, qui n'avaient rien à faire dans mon histoire mais que je n'ai pas pu m'empêcher de rédiger quand même, pour clarifier la situation entre moi et moi, disons, entre moi et ma mère.

Donc ce jour-là, pour en revenir à l'épisode du supermarché, il y avait les néons qui passaient à l'horizontale au-dessus de ma tête, le cou comme arraché par le vigile et la musique de Johnny Hallyday dans la radio mais je ne peux pas dire aujourd'hui si je m'en souviens ou bien si j'invente parce que je me souviens seulement que le vigile a dit : tu vas aller faire un petit tour chez le directeur, il va te remettre les idées en place.

Il a dit ça, puis il m'a redressé par l'oreille, il m'a arraché l'oreille pour me mettre debout, pour que j'arrête de me traîner dans la poussière du carrelage, il a répété, petit con, et cette fois j'ai su que c'était pour moi. Ensuite il m'a montré du doigt le bureau vitré au-dessus de l'accueil, et il a ajouté : regarde, il t'attend déjà. Et c'était vrai, il était là, le directeur du magasin, les bras dans le dos et me regardant fixement derrière sa vitre en hauteur, souriant comme s'il venait de gagner sa journée. Et bien sûr je pleurais, bien sûr je hurlais et sûrement tout le magasin me regardait.

Mais tout ce que j'ai su dire en entrant dans le bureau du directeur, avec mes tablettes de chocolat qui me serraient le ventre comme j'imagine des kilos de cocaïne à un poste de douane, je disais, vous n'allez pas appeler la police, hein, je ne vais pas aller en prison, dites, je ne vais pas aller en prison ?

Mais bien sûr que non, petit, bien sûr que non, m'a dit le directeur. Et il a ajouté : alors mon petit, dis-moi, tu comptais bien les acheter, ces tablettes de chocolat ?

À cette question, je l'ai compris depuis, il faut toujours répondre oui, il faut toujours répondre qu'il y a un malentendu et qu'on est prêt à payer immédiatement. Mais ne jamais dire par sincérité qu'on comptait voler. C'est exactement ce que j'ai fait ce jour-là, par inexpérience j'ai marché dans le piège de la sincérité, j'ai dit en pleurant que j'avouais, que je voulais les voler, que je n'aurais pas dû.

Avec le recul aujourd'hui je me demande si je n'aurais pas préféré la police, à cause du directeur, à cause surtout de la chevalière sur son index qu'il a pris un malin plaisir à retourner comme il faut, et plaçant sa main pour décocher une gifle comme il faut sur ma joue, dans un sens puis dans l'autre et deux fois de suite.

Ça c'est de la part du magasin, il a dit, et maintenant voilà ma part à moi, et il a recommencé, avec une précision de tennisman.

Voilà, maintenant on peut appeler ta maman.

Elle n'est pas chez elle, j'ai dit en pleurant, elle est au bridge.

Il a éclaté de rire, le directeur, à cause du bridge bien sûr. Mais il a fallu que je donne le numéro du club de bridge, qu'on interrompe ma mère pendant son bridge, et déjà j'imaginais la tête qu'elle ferait là-bas, devant ses amies, déjà j'imaginais sa respiration folle et ses malaises.

Elle ne m'a rien dit, ma mère. Elle n'a jamais rien dit depuis. Elle a eu des étouffements jusqu'au soir sans rien dire. Mais le lendemain, le fils Kermeur avait changé d'école.

Non, ce n'est pas moi qui ai changé d'école, c'est le fils Kermeur. Ma mère a fait jouer ses relations auprès de la directrice, et aussitôt le fils Kermeur a changé d'école. Le fils Kermeur a dû dès le lendemain être inscrit à l'école publique et non plus à l'école privée où nous étions, où je continuerais, moi, à aller. Comme ça tu n'auras plus de mauvaises fréquentations, a dit ma mère.

Mais c'est de ta faute, ai-je dit plus tard à ma mère, si j'ai fait des mauvaises rencontres. Tout ça ne serait jamais arrivé si j'avais été à l'école publique, ai-je ri au nez de ma mère des années plus tard. Et le fait est qu'après ce que j'ai coutume d'appeler l'épisode du supermarché, je n'ai plus vu le fils Kermeur pendant cinq ans.

Du jour où j'ai revu le fils Kermeur, je lui ai aussitôt dit que je n'avais jamais rien dit à personne pour le supermarché, mais c'était faux : en réalité j'avais tout dit à ma mère. Certes je n'ai rien dit au directeur du magasin, mais à ma mère si. À peine elle m'a jeté dans la voiture et claqué la portière sur moi sans rien dire, déjà je lui ai dit que je m'étais fait avoir, que c'était la faute du fils Kermeur, que moi tout seul je n'aurais jamais fait ça.

Mais peu importe, ai-je dit au fils Kermeur plus tard, il ne fallait pas être bien finaud pour savoir que c'était toi qui m'avais entraîné là-dedans.

Tout le collège savait parfaitement que le fils Kermeur était un voleur, non seulement au supermarché mais aussi en classe, aussi les pains au chocolat des élèves et les stylos plume, tout le monde savait ça, lui ai-je dit bien plus tard.

2

Le jour de mon emménagement chez ma grand-mère, quand j'ai revu le fils Kermeur pour la première fois, depuis longtemps ma mère avait fait le lien entre lui et madame Kermeur devenue la femme de ménage de ma grand-mère. Dès que ma mère a entendu le nom de Kermeur dans la bouche de ma grand-mère, elle s'est immédiatement inquiétée de savoir s'il y avait un lien de parenté entre l'affreux Kermeur du collège et la femme de ménage en question. Et elle s'est d'autant plus inquiétée qu'elle a su très vite que c'était tout simplement sa mère, celle-là même qu'elle avait pris soin d'éviter et même de fuir dans les jours qui avaient suivi le renvoi du fils Kermeur de l'école.

Mais qu'est-ce qu'elle pouvait dire, ce jour-là ou un autre, puisque évidemment elle avait étouffé l'affaire du supermarché et n'avait jamais raconté l'épisode à quiconque, encore moins qu'elle avait tout fait pour faire renvoyer le fils Kermeur, de même qu'elle a tout fait pour éloigner madame Kermeur de chez sa mère, sans succès.

Donc ce jour-là, des cartons plein les bras, devant le fils Kermeur devenu grand, elle a tourné les talons sans rien dire, juste pour signifier sa rage intérieure. Mais ça n'a pas démonté le fils Kermeur, que ma mère lui tourne le dos, au contraire il a dit sans hésiter, il a dit aussitôt très fort pour qu'elle l'entende : ma parole, mais ta mère a avalé un cimetière !

Et elle l'a entendu bien sûr. Alors avec son ton à elle, de cet air noir et dénué de bonhomie, en même temps que surprise d'avoir saisi au vol un tel jugement sur elle, elle s'est rapprochée de lui et elle a demandé, c'est de moi que vous parlez, jeune homme ? Et comme elle croyait le chasser d'un revers de la main, elle a ajouté d'une formule qu'elle a cru sûrement digne de sa hauteur : Que je ne vous voie plus devant l'immeuble, passez votre chemin, jeune homme ! Passez votre chemin !

Et moi tout ce que j'avais pu faire en regardant la scène, c'était me retenir de rire, difficilement me retenir d'éclater de rire parce que cette expression d'avaler un cimetière, même aujourd'hui c'est vrai, elle me fait éclater de rire, de me représenter un cimetière entier dans la bouche grande ouverte de ma mère et le déglutissant d'un trait comme d'autres avalent des vitamines pour se donner du tonus, ça, oui, ça me fait rire.

Alors bien sûr j'ai raconté cet épisode en détail dans mon roman familial, et j'ai ri forcément de cet épisode, même si par-devers moi je ne riais pas du tout, parce que bien sûr c'est de ce jour exactement que j'ai commencé à revoir le fils Kermeur, à le revoir malgré moi, à cause de sa mère qui travaillait chez ma grand-mère, à cause de l'amour qu'il me portait soudain. C'est de là que beaucoup de choses ont dégénéré très vite, avec le fils Kermeur qui rôdait chaque soir devant mes fenêtres et entrait comme chez lui, avec ma mère qui rôdait aussi mais par téléphone, qui m'appelait chaque soir depuis le sud de la France, pour que je lui prouve que j'étais bien chez moi le soir, et pas dans les bars à boire de la bière, ainsi qu'elle le redoutait et le soupçonnait en prenant son téléphone, que cette fois-ci je ne serais pas chez moi, espérait-elle au fond, que je serais à traîner dans les rues et les bars avec le fils Kermeur.

Depuis son Languedoc, ma mère a toujours su que je le revoyais, quand bien même je n'ai jamais fait la moindre allusion à sa présence chez moi tandis qu'elle téléphonait, quand bien même il faisait lui aussi très attention à ne faire aucun bruit dans l'appartement tant que je n'avais pas raccroché d'avec ma mère, je sais qu'elle sentait sa présence. Je le sais à ce détail très précis qu'elle ne raccrochait jamais la première. Elle disait toujours « je te laisse... à demain... » mais elle ne raccrochait pas. Elle espérait que j'allais me trahir, que dans la seconde qui suivrait son silence, avant d'avoir moi-même raccroché, j'allais commenter son appel avec le fils Kermeur. Mais ce piège tendu n'a jamais fonctionné. J'ai poussé le vice à quelquefois laisser le combiné en l'air pendant cinq secondes, à sourire en silence avec le fils Kermeur, sans jamais rien dire, sans jamais qu'elle entende autre chose que le bip du téléphone raccroché sur elle.

Mais tu aurais dû comprendre, maman, que dans toute cette histoire, le fils Kermeur aussi faisait partie des meubles, incrusté dans le paysage comme les rochers sur la pointe de la rade, comme les chansons de variété dans les supermarchés.

Au fond, a souvent dit le fils Kermeur, je ne saurai jamais pourquoi ta mère ne m'aime pas. Et moi sachant ce qu'il voulait entendre, sans même plus lui sourire j'ai souvent répondu : ma mère n'aime pas les pauvres.

À ton avis, lui ai-je même dit un jour, pourquoi tu crois que ma mère a tant voulu que j'habite en dessous de chez ma grand-mère ? Eh bien je vais te le dire, moi, pourquoi, ce n'est pas pour mon bien-être à moi, ce n'est pas par respect pour moi, non, elle m'a installé là pour surveiller sa propre mère. Mais en surveillant sa propre mère, j'ai ajouté, elle surveille aussi la tienne. Et en surveillant ta propre mère, j'ai ajouté encore, elle te surveille toi.

Il n'a rien dit, le fils Kermeur, pour une fois, parce qu'il savait que j'avais raison. Quand la question s'est posée que je vienne habiter dans le même immeuble que ma grand-mère, malgré toutes les réticences de ma mère à ce que je ne quitte pas la région avec eux, c'était bien sûr d'un grand réconfort pour elle et finalement une excellente opération, parce que pour ma mère, expliquais-je au fils Kermeur, le monde est très simple, le monde est une sorte de grand cercle et au milieu il y a une montagne d'argent et sans cesse des gens entrent dans le cercle pour essayer de gravir la montagne et planter un drapeau en haut. Et donc dans son petit monde à elle, il y a la montagne d'argent d'Albert et des gens autour qui font semblant de former un cercle pour le déchirer au moindre faux pas.

Soi-disant elle était très malheureuse et inquiète et tourmentée de me savoir à douze cents kilomètres mais ce n'est pas moi qui suis parti, lui disais-je au téléphone, c'est toi qui es partie, maman, pas moi. Normalement à un certain âge les enfants quittent le nid familial mais pas le contraire, pas les parents qui abandonnent leurs enfants sur place, mais toi, maman, tu m'as abandonné là, dans le nid familial, alors que je n'étais pas encore sec derrière les oreilles.

C'était une expression d'elle, pas encore sec derrière les oreilles. Regardez-moi ce petit bout de chou, disait-elle quand j'avais déjà quinze ans, ça veut jouer au grand et c'est pas encore sec derrière les oreilles. Mais c'est toi qui es partie, lui répétais-je, c'est toi qui m'as abandonné, et pour aller où ? Dans le sud de la France.

Avant de partir, ma mère a fait installer un judas sur la porte de mon appartement, un vrai judas d'où je pourrais regarder qui voulait entrer chez moi. Et j'avais beau lui dire que non, lui dire qu'elle pouvait faire ce qu'elle voulait, je ne regarderais jamais par le judas avant d'ouvrir, j'ai eu beau m'énerver, elle n'en a pas démordu. Parce qu'elle savait. Elle savait qu'une fois le judas posé sur ma porte, je regarderais à travers. Et non seulement je regarderais qui sonnerait chez moi mais je regarderais toutes les allées et venues de l'immeuble. Dès que j'entendrais la porte du hall s'ouvrir, ou bien du bruit dans l'escalier, immédiatement je me précipiterais sur mon

judas pour regarder qui entrerait et qui sorti-
rait. J'ai regardé par le judas tous les jours
dix fois par jour pendant tout le temps où j'ai
habité ma loge de concierge, oui, disait le fils
Kermeur, ta mère est très forte, elle a fait de
toi un concierge.

Il avait raison, le fils Kermeur, un vrai concierge, voilà ce que j'étais, dans un appartement sans lumière, qui entend la porte de
l'immeuble s'ouvrir et se fermer, qui reçoit les
colis du facteur, et qui balaye le hall d'entrée
en saluant les voisins.

Et ma mère imaginait toujours qu'une dame
seule et riche comme ma grand-mère, ça finirait mal, ça finirait par des faux peintres en
bâtiment qui entreraient chez elle et la ligote-
raient et videraient son appartement. Mais ce
qu'elle pensait en réalité, c'était qu'un jour
madame Kermeur et son fils entreraient là
chez elle et qu'ils repartiraient avec l'héritage
dans une valise.

Quand il arrivait que ma mère se représente
la situation exactement en ces termes, elle était
aussitôt prise d'une de ses crises, une crise de
spasmophilie, disent les médecins, et qui
l'obligeait à se mettre un sac plastique sur la
tête pour respirer dedans. À chaque fois que
j'ai vu ma mère avec un sac plastique sur la
tête, c'était comme si j'avais lu dans ses pensées, je savais qu'elle voyait l'héritage s'envoler

sous ses yeux. Même au téléphone j'entendais très bien quelquefois qu'elle posait un sac plastique à côté du téléphone, au cas où. Au cas où je lui annoncerais que cette fois, oui, madame Kermeur avait vidé l'appartement.

Alors une fois je n'ai pas pu m'empêcher, il y avait le fils Kermeur à côté de moi et c'est vrai qu'on avait bu un peu tous les deux, qu'on avait fini la bouteille de vin qu'il avait apportée comme chaque soir, et donc quand ma mère aussi comme chaque soir a téléphoné, j'ai eu envie de rire avec le fils Kermeur. Je lui ai dit que oui, qu'aujourd'hui madame Kermeur était venue comme d'habitude mais qu'elle avait un air bizarre, un air de quelqu'un qui prépare un mauvais coup, que comme d'habitude j'avais bien vu à travers le judas qu'elle était arrivée les mains vides, mais quand elle est repartie, ai-je dit à ma mère en regardant le fils Kermeur, quand elle est repartie, c'était bizarre parce qu'elle avait une mallette qu'elle tenait bien serrée dans la main et elle avait l'air pressé de partir. J'ai mis le haut-parleur du téléphone pour que le fils Kermeur entende la réaction et ça n'a pas raté : il y a eu un silence, une respiration comme un hoquet et puis le bruit du sac plastique sur sa tête.

Allons maman, j'ai dit, mais c'est une blague.

Ah c'est très drôle, elle a dit avec la voix

étouffée par le plastique, vraiment très drôle, et elle a raccroché.

Toute la soirée on a bu comme ça, à l'ombre de cette blague qui nous berçait comme des enfants, mais j'ai quand même fini par dire au fils Kermeur que cette situation ne pouvait pas durer éternellement, regarde-moi, lui ai-je dit, je ressemble à quoi entre ces deux folles, toute la journée derrière mon judas ? Je suis l'œil du diable.

Alors je ne sais plus aujourd'hui quel jour plus qu'un autre a voulu que les choses changent, mais je sais que désormais dans ma tête tout se mélange comme un très long présent qui porte à force égale les années et les heures, que l'idée de Paris et le vent dans les rues, que le rire de Kermeur et les marées furieuses, tout se tient là, sous mon crâne, comme les parois d'une bibliothèque qu'on aurait renversée.

En tout cas ma mère a raison sur un point, ai-je encore discuté avec le fils Kermeur, que je suis un intellectuel, et qu'en tant qu'intellectuel j'ai droit à la concentration. J'y ai droit depuis l'âge de neuf ans, vois-tu, depuis que je sais que je ne serai pas footballeur professionnel, or dans la vie d'un enfant de neuf ans, à bien réfléchir il n'y a pas cinquante possibilités, c'est footballeur ou écrivain, voilà ce que c'est dans la tête d'un enfant de neuf ans. Si j'avais de l'argent, vois-tu, si j'avais ne serait-ce qu'un peu d'argent, je serais parti depuis long-temps.

Mais le fils Kermeur, je m'en souviens très bien, au lieu de ne pas relever ma phrase et de me laisser dans mes pensées comme si souvent, au lieu de ça il m'a regardé et il a dit : mais tu en as, de l'argent...

Il a dit ça, le fils Kermeur, et je l'ai regardé comme jamais, parce que j'ai compris qu'il avait une idée derrière la tête, j'ai compris qu'il voulait dire quelque chose de plus important, que cette phrase avait mûri des semaines sous son crâne avant d'être dite, c'est-à-dire avant qu'il ressente que les conditions étaient parfaitement réunies pour la dire.

Franchement, il a repris, qu'est-ce qu'elle fait de sa fortune, ta grand-mère ?

3

La question, c'est vrai, s'était posée pour
tous, dès lors qu'Albert avait fermé les yeux,
de savoir ce qu'elle ferait de son argent, comment elle profiterait de la fortune en question,
mais profiter justement n'est pas le bon mot :
subir oui, elle subit la fortune en question, le
poids de l'or et des meubles, les relevés de
banque et les impôts trop lourds. De même
que cent soixante mètres carrés avec vue sur
la rade était pour elle hors de toute mesure,
de même elle semblait déjà devenue folle avec
toute cette fortune qui lui était tombée d'un
coup sur la tête : dix-huit millions soit un
milliard huit cent mille en anciens francs mais
qui ne feraient bientôt plus que deux millions
sept cent mille euros.

Franchement, qu'est-ce qu'elle fait de tout
ça, ta grand-mère ?

Et tirant sur sa cigarette, il a ajouté : allez, je sais que tu y penses autant que moi.

Non, je n'y ai jamais pensé mais c'était pire que ça, comme quelque chose en deçà de la pensée qui circulait en moi, comme un désir souterrain qui faisait comme une force télépathique, ai-je compris plus tard, que c'est moi qui ai incité le fils Kermeur à y penser tout seul. Et c'est lui qui l'a dit.

Mais maintenant c'était la nuit qui tombait sur la ville et les lampadaires dehors qui éclairaient chez moi, maintenant il était peut-être 22 h 00 et c'était la lumière artificielle qui faisait comme un contre-jour sur son visage sombre et enfumé, maintenant je ne voyais pas trop sous quelle expression il se cachait mais moi je sais que je n'ai jamais aimé la lumière orange de la nuit qui entre dans les maisons, qui éclaire les lits, les parquets et les murs, je n'ai jamais aimé le vent humide qui souffle et entre comme chez lui dans n'importe quel taudis.

Ferme la fenêtre, j'ai dit.

Il a fermé la fenêtre aussi vite, pendant que je m'allongeais sur le lit, les bras sous la tête.

Bien sûr que j'y pense, j'ai dit.

Et entre chaque phrase on fumait comme dans un film, comme il aurait été écrit dans un film qu'entre chaque réplique il fallait qu'on médite et que les phrases pesées puis lancées fassent le tour de la pièce avant d'en avoir saturé l'air, avant que l'autre ose à peine continuer.

Mais la police, j'ai dit, la police fera forcément une enquête ?

Bien sûr, bien sûr la police fera une enquête, elle commencera même par venir te voir mais est-ce qu'on soupçonnerait un petit-fils de vouloir voler sa grand-mère, un petit-fils de bonne famille de voler sa grand-mère qui l'héberge gracieusement ? La police viendra te voir pour te demander si tu as entendu quelque chose, si tu as vu quelque chose d'anormal et toi, assis là dans ton fauteuil, tu lèveras doucement les yeux de ton livre et tu répondras paisiblement que non, que malheureusement tu n'as rien vu, que sûrement tu dormais quand ça s'est passé, que si tu t'étais réveillé, c'est sûr que tu serais intervenu.

Tu sais quelle sera la première personne qu'on soupçonnera ? j'ai dit, je vais te le dire, moi : c'est ta mère. Et j'ai ajouté par méchanceté d'une part, par pitié de l'autre, j'ai ajouté pour être sûr qu'il comprenne : parce que c'est une femme de ménage.

Écoute-moi bien, il a continué, toi tu es d'une famille de droite, disait-il, et moi je suis d'une famille de gauche, et c'est pour ça qu'on s'entend si bien, parce que toi tu n'as pas envie d'être d'une famille de droite et moi je n'ai pas envie d'être d'une famille de gauche.

Et alors ?

Alors, ça marchera.

4

Quand l'inspecteur est venu me voir pour me demander si j'avais entendu quelque chose, si j'avais vu quelque chose d'anormal, moi, assis là dans mon fauteuil, j'ai levé doucement les yeux de mon livre et j'ai répondu paisiblement que non, malheureusement je n'avais rien vu, que sûrement je dormais quand ça s'est passé, que si je m'étais réveillé, bien sûr je serais intervenu. Oui c'est presque rageant, j'ai dit à l'inspecteur, mais que voulez-vous, celui qui a fait ça a vraiment été discret, il avait sûrement bien préparé son coup.

Et cela c'était vrai, qu'on avait bien préparé notre coup. Techniquement tout était clair. Psychologiquement non. Psychologiquement rien n'est jamais clair mais techniquement si. À minuit et demi, on était devant la porte de ma grand-mère, sachant parfaitement qu'elle s'était endormie à minuit dix. Comme chaque soir je l'ai entendue se coucher à 22 h 30, se tourner et se retourner dans son lit une heure durant, se relever comme chaque soir à 23 h 30 et se diriger en parlant toute seule jusqu'à la salle de bains où comme chaque soir j'ai entendu l'ouverture de l'armoire à pharmacie, l'emballage grinçant du somnifère, puis le bruit du gobelet rempli d'eau, puis elle, déjà calmée, retournant se coucher, attendant maintenant l'effet imparable du médicament, quarante minutes exactement avant de tomber dans ce sommeil lourd, profond et artificiel qui la rendait désormais inoffensive, sourde à toute incursion chez elle, par exemple Kermeur et moi entrant chez elle avec un marteau et un pied-de-biche.

Mais d'abord ce soir-là vers minuit et demi j'ai sorti la clé de chez elle de ma poche, et le fils Kermeur m'a regardé dans la pénombre, il m'a fixé un peu comme si j'étais une sorte de bête curieuse, et il a dit : tu comptais peut-être entrer là avec ta clé ?

Ben oui, j'ai dit.

Ben non, il a dit. Et sans vouloir me regarder plus, il a sorti son marteau et son pied-de-biche, il a forcé la porte et seulement conclu : c'est un peu paradoxal mais voilà comment on entre chez les gens quand on ne veut pas se faire prendre. Et on est entrés dans l'appartement comme si on était des vrais voleurs, une lampe torche dans la main et le dos courbé sur la pointe des pieds, explorant les lieux comme des plongeurs sous-marins qui jettent leur faisceau dans la nuit profonde, profonde mais rendue claire maintenant par les ronds de lumière, et on admirait tout ce qu'on aurait pu prendre, les montres en or et les vitrines de porcelaine, mais qu'on ne prendrait pas, puisque seulement l'argent, hein, seulement l'argent, redisais-je à Kermeur.

Alors silencieusement on a ouvert l'armoire où elle gardait l'argent, où Albert avant elle, selon cette vieille confiance en l'argent fiduciaire, plusieurs liasses posées là sur l'étagère au-dessus de la penderie, là où ni le soleil ni l'air ne semblaient être entrés depuis des siècles, je me souviens, le lendemain en plein jour comme crierait la poussière le long des rectangles qui dessinaient le vide, quand il faudrait que je vienne là raisonner ma grand-mère et faire semblant d'être aux cent coups, elle qui répèterait sans cesse : mon dieu, si Albert était là, si Albert était là.

Mais Albert n'était plus là, et on n'a pas hésité. On a pris tout l'argent en espèces qui moisissait dans l'armoire, deux cent mille francs exactement, puisque c'était des francs encore, à l'époque. Et déjà je me dirigeais vers la sortie, de l'argent plein les poches, quand

Kermeur m'a pris par la manche et m'a dit : attends, restons donc cinq minutes, pour une fois qu'on peut profiter de la vue.

J'ai pensé que c'était son humour à lui, j'ai pensé qu'il ironisait et j'ai dit : bien sûr, bien sûr, et en même temps j'avançais vers la porte. Mais lui non, lui au contraire, il était déjà parti s'asseoir dans le salon, déjà installé dans la pénombre et il avait sorti un paquet de cigarettes et aussi un verre et il s'apprêtait à se servir un whisky.

Viens donc là, il m'a dit.

Mais enfin, j'ai chuchoté, tu délires complètement, sortons d'ici tout de suite.

Ah ne m'oblige pas à me fâcher, hein, allez, une petite cigarette et un petit whisky, on n'est quand même pas des sauvages !

Et par dépit ou raison, je ne sais pas, je me suis entendu dire, hagard et vide, abattu presque : bon, un petit fond alors.

À mon tour je me suis assis dans un fauteuil, une cigarette aussi et un whisky aussi. À mon tour j'ai entendu le mouvement régulier des horloges et dans la presque nuit je distinguais les angelots de bronze soutenant le cadran du cartel, qui d'un regard piteux nous demandaient de partir.

Je jure que j'ai eu le temps de me demander ce que je faisais là, chez ma grand-mère endormie et la vie presque entière défilant devant lui qui ne disait rien, le fils Kermeur, et peut-être lui aussi il avait ça devant les yeux, comme un diaporama de toutes ces choses qui faisaient qu'on en était là, tous les deux sur des bergères Louis XV en train de fumer des clopes. Je ne sais pas si j'ai pensé à tout ça dans le salon de ma grand-mère ou bien si c'est seulement en le racontant, oui peut-être en le racontant, mais enfin je sais que j'ai eu le temps de me demander ce qu'on faisait là quand le fils Kermeur, sirotant son whisky, il a lancé : tous ces vieux richards quand même, il faudrait les plomber.

Je me souviens de n'avoir pas levé le regard, d'avoir cru qu'un seul mouvement de mes yeux aurait fait s'écrouler l'immeuble, et j'ai préféré les garder comme ça, fixes, fixés dans l'étroit chenal qui menait mon regard à la table et à la bouteille de whisky, lui que je sentais comme un ectoplasme dans le lourd fauteuil, il jetait l'œil au-dehors sur les quelques lumières qui habillaient la mer, nous deux au milieu des fauteuils trop vieux pour nous, les verres de cristal posés sur le marbre blanc, si central dans la pièce qu'on aurait dit aussi que tous les meubles regardaient vers elles, les veines du marbre, comme dans une crèche d'église la foule penchée sur l'enfant Jésus.

J'ai repensé aux heures parfaites qu'ils avaient dû passer finalement tous les deux,

Albert et ma grand-mère devant la mer, le long de ces après-midi répétés où chaque jour, chaque heure avait pour eux le même goût que la veille, j'imagine, la même salive aux mêmes instants, le même corps posé sur le même fauteuil, et le soleil à son tour qui tombait ponctuellement sur les mêmes notes de Beethoven, traversant les mêmes plis ondulants du voilage blanc, recevant les carrés de lumière de la fenêtre, et les répercutant, dans le silence des après-midi successifs, sur le parquet lamellé. C'est cela sûrement qu'il ne fallait pas enrayer ni perturber, ai-je pensé, parce que après commencent les états d'âme, après commencent l'inquiétude et l'idée de la mort, et que c'est contre ça aussi qu'ensemble ils luttaient.

On n'est pas mal, là, a dit Kermeur.

Et moi cette fois j'ai levé les yeux et sûrement j'avais l'air de celui qui ne comprend pas ce qu'il fait là ou disons, qui ne veut pas comprendre.

Non, j'ai dit, on n'est pas bien du tout là, on y va, moi j'y vais, et maintenant, je descends chez moi et si tu restes je téléphone aux flics, et je leur explique qu'il y a un cinglé qui fume des clopes chez ma grand-mère. Et bien sûr il m'a suivi, parce que au fond Kermeur est aussi lâche que moi. Comme tous les gens qui essaient de donner le change, un jour ça craque encore plus, un jour ça éclate au grand

104

jour et les soi-disant non-lâches se trouvent être encore plus lâches.

On a refermé derrière nous comme si de rien n'était, les liasses de billets qu'on a posées chez moi, parce que s'il y a bien un endroit où ils ne viendront jamais fouiller, c'est bien chez toi, disait Kermeur, et là-dessus il n'a pas eu tort, personne n'y a jamais pensé, pas même ma mère, ni à vérifier si l'argent était là, sous leurs yeux à tous, ni à supposer que j'y sois pour quelque chose.

5

La police a été gentille avec moi.
La police a été gentille avec ma grand-mère.
La police a été gentille avec tout le monde.
Même avec ta mère, ai-je dit au fils Kermeur, même avec elle. Pourtant quand on s'est retrouvés le lendemain dans l'appartement de ma grand-mère avec la police et madame Kermeur, l'inspecteur m'a pris à part sur le palier pour nous éloigner d'elle et il n'a pas pu s'empêcher lui non plus de me demander, aussi discrètement qu'un policier peut l'être, il m'a demandé ce que je pensais, moi, de madame Kermeur. Et je la voyais, par l'ouverture de la porte je la voyais qui tenait je ne sais quel produit d'entretien pour se donner une contenance en regardant le sol, l'inspecteur qui attendait ma réponse, mais je ne lui ai pas dit qu'elle me faisait peur, je ne lui ai

pas dit qu'avec une femme de ménage on ne peut jamais savoir ce qui lui passe par la tête, disait ma mère, elle est capable de tout, pensait ma mère. Mais décidément je n'ai rien dit, au contraire, j'ai dit que je m'en portais garant, oui monsieur l'inspecteur, je m'en porte garant, j'ai dit. Et il m'a remercié pour mon aide, gentiment. Mais c'est bien normal, j'ai dit, c'est bien normal de vous aider et de se mettre à votre service.

Non, je n'ai pas dit ça. J'ai juste dit au revoir froidement en essayant de ne pas trembler, en gardant la main ferme dans la sienne, en le regardant dans les yeux.

Je n'ai pas dit grand-chose ce jour-là, ni à l'inspecteur ni à ma mère quand elle est arrivée elle aussi, par le premier avion ce même jour de Montpellier à Brest, qu'elle a débarqué comme une tornade dans l'appartement au milieu de nous tous, qu'il y avait l'inspecteur et déjà le médecin que ma grand-mère avait appelé avant même la police, et c'était bien elle de faire ça, d'appeler d'abord son médecin, de lui dire avec la main sur le cœur qu'on lui avait tout pris et qu'elle allait mourir. Elle a toujours été comme ça, ma grand-mère : même en pleine forme elle s'arrangeait pour faire venir son médecin au chevet de sa fausse fièvre. Même dans les meilleurs moments, dans les moments les plus sains, elle diluait chaque soir une aspirine dans un verre d'eau, à cause de son cœur, disait-elle, parce que c'était bon pour le cœur, avait-elle lu dans tel magazine de santé domestique, que l'aspirine faisait circuler le sang et donc améliorait son rythme cardiaque. Mais aucun médecin n'a jamais mis en doute la tonicité de son cœur, au contraire, elle pouvait compter sur lui plus que sur son cerveau, plus que sur son foie ou sur ses intestins, mais le cœur est bon, répétait piteusement son médecin, le cœur est bon, disait-il à ma mère ce jour-là.

Elle, ma mère, arrivée la dernière comme un metteur en scène sur un tournage de film, elle n'a même pas salué sa propre mère mais d'abord regardé vers moi et comme l'air de dire que quand même, que c'était bien la peine que j'habite en dessous si je n'étais même pas capable d'empêcher un cambriolage. Même concierge, ai-je lu dans son regard, même concierge tu n'en es pas capable. Mais j'ai lu aussi dans le regard de ma mère, à peine elle avait pris des nouvelles de sa mère, que déjà tout résonnait comme son triomphe à elle, qu'à partir de maintenant les choses allaient changer, et que d'abord il ne fallait plus que sa vieille mère reste seule, elle a dit : tu comprends qu'à ton âge.

Mais qu'à mon âge quoi ? À mon âge quoi ? répétait ma grand-mère avec le tensiomètre autour du bras, et déjà elle avait tendance à en avoir un peu, de la tension, alors je n'ai pas vu si l'aiguille s'est mise à tourner d'un coup quand elle a entendu ça, mais ma mère insistait, non vraiment, elle ne peut plus rester seule, c'est trop dangereux, et elle jubilait de pouvoir dire ça, de pouvoir enfin dire ça, tandis que le médecin essayait de retirer le tensiomètre et faisait tout pour se concentrer, pour ne pas lever les yeux vers ma mère ni vers moi. Et moi aussi je faisais tout pour éviter les regards.

Je ne sais pas si j'ai compris tout de suite que c'était un si grand jour pour ma mère, que c'était, comment dire, son jour triomphal. Je crois que je l'ai compris plus tard, assis à mon bureau parisien, j'ai compris que la machine était déjà en marche, que déjà elle entrevoyait la fin de son exil, la fin, oui, du Languedoc-Roussillon.

Et elle continuait bien sûr, qu'il était temps qu'elle prenne les choses en main, qu'à quatre-vingt-dix ans il n'était plus question de rester dans cet appartement, qu'un jour on te retrouvera étranglée dans ta cuisine, a dit ma mère comme ça, froidement. C'est à ce moment-là que l'inspecteur est parti, quand il a senti que ça tournerait mal, car les inspecteurs sentent quand ça tourne mal, quand ça devient trop familial, quand il vaut mieux qu'ils s'éclipsent. Et moi je l'aurais bien suivi quand il a dit : bon je crois que je vais vous laisser en famille, parce qu'il ne fallait pas être devin pour savoir que oui, ça tournerait vraiment mal, nous tous en témoins honteux de la scène, immobiles comme dans un tableau vivant, et on attendait la suite.

Alors je ne sais pas, c'est monté d'un coup, d'un coup ma grand-mère est devenue toute rouge et elle s'est avancée vers ma mère qui faisait semblant d'être douce et elle a commencé à l'insulter droit dans les yeux, elle a commencé à la traiter de vermine, les sourcils blancs et tassés comme jamais, et puis elle a levé une main, puis l'autre, et d'un coup elle s'est mise à frapper sa fille, à la taper, oui, comme une furie, elle frappait sur le dos, sur le visage, sur la poitrine de ma mère, de cette force que possèdent les vieillards quand ils décident de jeter tout leur corps dans la bataille, peu soucieuse de faire éclater les veines déjà bleuies de ses poignets et parce qu'elle savait, elle savait qu'elle, sa fille, n'oserait pas, ne pourrait pas répondre physiquement, sous peine de la tuer, que tout ça en quelque sorte se jouait comme un combat codifié entre une mère et une fille, comme cela devait se jouer, comme cela s'était toujours joué dans l'histoire de l'humanité, et qu'elles n'y dérogeraient ni l'une ni l'autre, l'une à la violence maternelle et primitive, l'autre à devenir une mégère sénile et hystérique.

Mais faites quelque chose, disait ma mère, mais empêchez-la de me frapper, disait-elle en se protégeant à moitié, tandis que l'autre, la vieille dame, avec ses bras comme des ailes de moulin qui tournaient en plein vent, mais personne n'est intervenu si vite, oh non, personne n'a eu envie d'intervenir plus vite que ça. Et moi depuis le début j'étais comme retombé en enfance, à regarder des adultes se battre entre eux, avec le médecin qui disait, ça relève des pompiers, il faut appeler les pompiers, moi je ne peux rien faire.

Après les choses sont allées très vite. Tout ce qui a de l'importance dans la vie va très vite, n'est-ce pas ? Après ce fut très simple et presque très normal. Les pompiers sont venus. Ma grand-mère courait en chaussons dans l'appartement. Elle était comme une poule que des enfants essaient de coincer dans un coin, et ma mère mettait la tête dans ses mains comme une petite fille qui faisait semblant de ne pas vouloir voir ça, puis les bras des pompiers, puis les paroles inutiles, les « calme-toi » prononcés dans les larmes et recouverts par les cris, puis la porte ouverte du camion rouge, le gyrophare bleu, les cris toujours et la piqûre de calmant.

6

C'est moi qui l'ai accompagnée dans l'ambulance, la vieille dame, attachée sur sa civière et bien sanglée au cas où l'envie lui viendrait de sauter en route, dans le camion silencieux qui l'emmenait loin là-bas, au service gériatrique de l'hôpital, loin pour elle en tout cas, lancée à toute allure sur la quatre-voies qui longeait la mer mais qu'elle n'a pas vue, allongée comme elle était derrière les vitres opaques du véhicule, le jour exactement de ses quatre-vingt-dix ans.

C'est un pur hasard que tout tombe le même jour mais c'est peut-être normal que sur le nombre de fois où dans une vie les choses se bousculent pour cause de mort ou de déménagement, c'est peut-être normal que de temps en temps il y ait une ironique et violente coïncidence. Ainsi de celle qui fit le même jour

de ma grand-mère une démente et une nona-
génaire, mais surtout une démente, parce que
ce jour-là, c'est sûr, elle ne s'est pas souvenue
de son anniversaire.

Rien ne fut fait d'ailleurs pour qu'elle s'en
souvienne : à 14 h 00 quand ont débarqué les
deux pompiers rompus à l'exercice et l'ont
sortie sur le brancard, ils n'ont pas dit « bon
anniversaire » mais plutôt, allez ma petite
dame on a de la route à faire, et elle, bien
calmée qu'elle était par une médication appro-
priée, ne s'est pas mise à hurler ni à se débat-
tre, surprise autant qu'endormie, et même elle
n'a pas su quoi dire, car la dose était forte qui
l'avait envasée sous piqûre dans une demi-
conscience pour soulager ses nerfs. Puis on l'a
posée là, en gériatrie, dans une chambre javel-
lisée à l'odeur un peu lourde, un peu capi-
teuse, un peu camphrée, de vieillesse.

Une odeur de résistance à la mort, ai-je
pensé quand je l'ai suivie, dans cette chambre
où elle avait déjà l'air d'avoir fixé le mur
depuis des heures, le regard tombant sur l'unique bouquet de fleurs séchées qui faisait semblant de décorer la chambre et gisait là, sous
la télévision suspendue au mur et qu'elle
regardait déjà, ou disons, faisait semblant de
regarder. M'asseyant là plus bas qu'elle sur le
seul fauteuil de la chambre, je me souviens
d'avoir dit des phrases enchevêtrées, comme

une toile invisible que j'aurais tissée sur son lit, elle immobile toujours, seulement prise au milieu des quelques mots qui revenaient sans cesse dans ma bouche comme « partir », comme « pas prévu », comme « plus jamais » et déversés en boucle sur elle, sur les murs et la fenêtre assombrie par trop de paroles qui grimpaient comme du lierre sur les vitres, dans le vide et le bruit mais le silence en face, son silence à elle en face qui me contredisait sans cesse. Et j'avais beau lui parler de ma mère et du Sud, de moi et de Paris, elle continuait de se taire. Je voyais bien qu'elle comprenait ce que je lui disais, ne me regardant pas, l'œil plus ou moins rivé sur les silhouettes télévisées d'une fin d'après-midi, et il s'en serait fallu de peu que j'aie envie de revenir la voir avec un sac d'argent, une valise pleine de son argent à elle, les billets que j'aurais fait voler par la fenêtre à force de construire comme un mur entre elle et moi, tellement il faudrait que tu saches, j'ai pensé, il faut que tu saches ce qui s'est passé, que moi tout seul je n'aurais pas fait ça, que c'est le fils Kermeur qui m'a entraîné, non, que c'est ma mère qui nous a entraînés tous les deux, que tout ça, qu'il suffirait de rien pour remonter les heures et remettre les choses en place, je veux dire, l'argent dans l'armoire bien sûr mais toi dans ton nouvel appartement, ton nouvel apparte-

114

ment avec vue sur la rade. Mais bien sûr je n'ai rien dit, je me souviens que je n'ai rien dit, que je me suis levé et que je suis sorti, que j'ai seulement pensé : voilà, maintenant je prends mes affaires et j'y vais, cette fois je pars.

7

Oui je pars, aurais-je voulu dire à ma mère le lendemain, quand il a fallu qu'on déjeune ensemble avant qu'elle reparte dans le Sud, qu'elle a tenu à m'inviter pour qu'on parle un peu, que ça faisait longtemps qu'on n'avait pas parlé tous les deux, et devine où elle m'a emmené, ai-je dit à Kermeur, je te le donne en mille : la même table près de l'entrée, les mêmes veuves solitaires, les mêmes vieux amiraux qui ne mouraient jamais.

Ce jour-là tous les deux sur nos chaises militaires, tendus comme des lance-pierres après les heures violentes, on essayait de ne pas s'énerver, elle comme si elle avait pris des calmants avant de venir, et sûrement c'est ce qu'elle avait fait, parce que ce qu'elle craignait par-dessus tout, c'était d'avoir une crise de spasmophilie là, au Cercle Marin, et de devoir se mettre un sac plastique sur la tête devant tout le monde.

Écoute-moi bien, elle a dit, moi je ne vais pas attendre que la police classe l'affaire, ça ne doit pas être si dur de trouver le coupable, et sûrement il n'y a pas besoin de chercher bien loin, parce qu'il y avait dans l'entourage de ma grand-mère des personnes douteuses, que certaines personnes avaient intérêt à être très proches de ma grand-mère, que sûrement il suffisait de remonter le fil des dernières visites pour savoir vers qui se tourner. Elle a dit tout ça, oui, elle a pensé tout ça à voix haute, et elle n'a pas eu besoin de prononcer les noms qui fâchent, pour moi déjà c'était très clair. C'était très clair qu'elle était en train d'accuser le fils Kermeur.

Je ne peux pas dire ce que j'ai pensé à ce moment-là, je me souviens seulement que mon cerveau s'est déchiré en deux, effaré bien sûr par l'idée affreuse de ma mère, soulagé bien sûr par l'idée géniale de ma mère qui insistait, qu'il fallait se méfier de tout le monde, elle disait, que justement elle sortait de chez le commissaire principal, qu'elle avait discuté avec lui de certains détails. Écoute, elle m'a dit, le commissaire pense comme moi, et c'est pour ça que je t'en parle, parce que je suis sûre que ton ami Kermeur, oui, tout le monde sait que c'est un voleur, et tu imagines bien que j'ai rappelé au commissaire l'histoire du supermarché.

Moi qu'est-ce que j'aurais pu répondre, en face d'elle un peu blême, la fourchette arrêtée dans l'élan, débordé par ses phrases comme des autoroutes pratiquées dans sa tête depuis des années et qui n'attendaient qu'une occasion pour devenir réelles. Et s'interrompant à peine elle m'a regardé droit dans les yeux comme si elle m'implorait : allons mon chéri, si tu sais quelque chose, si tu sais quoi que ce soit...

Oh moi, tu sais, le fils Kermeur, je ne l'ai jamais vu beaucoup.

Oui bien sûr, elle a dit, heureusement, heureusement.

Et elle s'efforçait de sourire aux femmes d'officiers qui la reconnaissaient, qui reconnaissaient la femme du vice-président du Stade Brestois, et elle s'efforçait de sourire encore. Elle a fait semblant de manger un peu en continuant de ruminer, qu'ils ont vraiment de la chance qu'on n'ait pas de preuves, et que toi, me dit-elle, toi c'est dommage évidemment que tu n'aies rien entendu.

Ah mais vraiment rien du tout. Et j'ai commencé à manger.

Elle m'a regardé manger, le sourire qu'elle portait à droite et à gauche pour saluer poliment les mêmes figures brestoises, les mêmes familles nombreuses, et je sentais bien qu'elle avait encore quelque chose à dire, je sentais bien qu'elle allait le dire même si je ne voulais pas l'entendre.

J'ai eu ton père au téléphone, elle a dit.

Ah, j'ai répondu.

Oui. Nous avons pris une décision ce matin : nous allons revenir habiter en Bretagne.

Et se taisant l'un et l'autre elle a passé sa main sur ma joue, elle m'a caressé la joue, et pour moi c'était comme une lame de rasoir qui m'arrachait la peau.

8

Allons mais tu n'y es pour rien, m'a dit le fils Kermeur, c'est ta mère qui est à l'origine de tout ça, elle est comme ça ta mère, elle pourrit tout sur son passage, et il a mis sa main sur mon épaule, et il m'a souri bizarrement, comme quelqu'un qui se moquerait de tout et d'abord de lui-même.

Lui, débarquant le soir vers les 21 h 00 avec sa bouteille de vin et ce faux sourire de vainqueur, parce que le pire c'est que pour lui, pour lui c'était un soir normal, pour lui la journée s'était écoulée comme les autres, à traîner dans les rues les mains dans les poches, à siffloter et à rien du tout, alors quand il a sonné ce même soir comme d'habitude, mais tu es complètement fou, j'ai dit, mais qu'est-ce que tu fais là ?

Eh bien quoi, il a dit, il faut bien qu'on continue à se voir.

Mais justement non, justement il ne faut pas.

Ah mais c'est beaucoup plus compliqué que ça, c'est beaucoup plus subtil que ça, il a repris. D'un côté certes il ne faut pas qu'on nous voie ensemble mais d'un autre il ne faut pas qu'on ne nous voie pas ensemble, parce que dans un cas comme dans l'autre c'est suspect, tu comprends : il suffit de nous voir ensemble pour éveiller les soupçons, mais il suffit de ne plus nous voir ensemble pour éveiller encore plus les soupçons.

Je suis resté là à le regarder comme ça, fatigué bien sûr, à cause de toutes ces choses, à cause de chaque heure qui semblait compter double, à cause du rêve de ma mère de le voir en prison. Il a proposé qu'on sorte. On est sortis. Tout ce que le fils Kermeur a voulu ce soir-là, on l'a fait. Même s'asseoir au comptoir, même commander du gin tonic, c'est lui qui l'a voulu. Et on parlait fort pour s'entendre, à cause de la musique dure et tous les gens autour. J'ai posé mon verre sur le comptoir de métal, j'ai tourné la tête vers lui pour seulement attendre qu'il parle. Et il ne parlait pas.

Au fils Kermeur ce soir-là, j'ai dit que je m'étais trompé, qu'on n'aurait pas dû faire ça, moi tout seul je n'aurais jamais fait ça, et voilà, je me suis laissé tenter, bon, je me suis laissé entraîner.

Ce soir-là, je jure que j'ai essayé d'inverser

la machine, je lui ai dit que j'allais remettre tout en place le soir même, chez ma grand-mère, et qu'ensuite elle rentrerait chez elle et qu'on ne parlerait plus de toute cette histoire, et qu'il ne sonnerait plus jamais le soir, à 21 h 00, une bouteille de vin dans la main, parce que, je lui ai dit, je ne veux pas passer ma vie dans les bas-fonds, oui, dans les bas-fonds, je lui ai dit.

Mais calme-toi, il m'a dit, calme-toi. Réfléchis. D'une part tu ne peux pas remettre l'argent à sa place sans risquer d'être vraiment suspect. D'autre part tu ne peux pas maintenant te débarrasser de moi comme ça, voyons. Réfléchis : si tu te fâches avec moi et que moi, imagine, je le prends mal, imagine simplement, bon, je ne suis pas du tout content et je rumine dans mon coin, et là qu'est-ce que je me dis ? Je me dis, bon, j'ai aidé le petit-fils à voler sa grand-mère, c'est vrai, mais c'était tentant aussi, il avait la clé, il connaissait par cœur l'appartement, alors quand il m'a demandé de l'aider...

Mais attends, mais qu'est-ce que tu dis ?

Je dis que moi je n'ai quand même pas volé ma propre grand-mère...

Mais c'est ton idée, c'est...

Ah oui mais pour la justice...

Quoi la justice, quelle justice ?

... la justice n'a jamais trouvé très moral de voler sa famille.

Il y avait le frottement de l'allumette sur le grattoir et s'avançait, l'allumette, tout contre sa cigarette qui se rendait incandescente au milieu de la flamme décroissante, et il tirait sur elle, la cigarette, une partie de la fumée qui s'échappait d'entre ses lèvres, qui s'évaporait devant son visage qui s'éclairait lorsqu'il la portait à ses lèvres. Et moi je n'étais pas sûr d'avoir bien entendu, je ne suis pas sûr d'avoir bien entendu, lui ai-je dit près de l'oreille.

Vois-tu, j'aurais dû dire autre chose à la police, j'aurais dû dire exactement : non seulement la femme de ménage a la clé mais elle a aussi un fils, oui j'aurais dû préciser ça, que j'avais des doutes sur l'affreux fils de la femme de ménage de ma grand-mère, et je suis sûr qu'ils auraient pensé à t'interroger de près, je suis sûr que l'inspecteur serait resté t'accueillir.

Il est resté comme ça sans rien dire. On a bu nos gin tonics sur nos tabourets, sous les basses capiteuses et l'acier des lumières qui faisaient comme une boîte de nuit américaine, nos silences maintenant couverts par la musique forte, et puis il a ajouté : c'est ça qui est beau, vois-tu, c'est qu'il n'y a plus de malentendu entre nous, je veux dire, plus comme autrefois tu comprends, maintenant on est vraiment amis. Et il y avait cette main énorme sur mon épaule qui ne me lâchait pas.

9

Je me souviens des jours suivants dans les rues, sur les quais, debout contre le vent, sur la digue accoudé aux bastingages. Je me souviens des terrasses de café où je me suis assis, de tous les bancs dans les squares, et même de la mer, j'ai fait une promenade sur la mer, avec le bateau-promenade qui fait des ronds dans l'eau, pas loin des poissons, pas loin des sardines et aussi des méduses, de n'importe quel remous sur la surface de l'eau. Et je me tenais là, dans la houle et le vent au milieu des cargos et des navires de guerre, ce qu'il restait de cargos et de navires de guerre, de vieux porte-avions venus finir leurs jours dans le port militaire. Là-haut, dans les changements du ciel, j'ai failli croire que Dieu me voyait et ne pensait qu'à moi.

Au fils Kermeur j'irai lui dire : voilà c'est

fini, toute cette histoire, c'est terminé. Chaque chose va rentrer à sa place. Bientôt la vieille dame reviendra chez elle. Bientôt j'entendrai marcher la nuit et elle sera là, et les meubles un à un, les fauteuils, les vitrines et les tableaux, chaque chose sera minutieusement, silencieusement à sa place. Non. Bien sûr que non. Bientôt seulement il y aura le panneau à vendre qui claquera au balcon, le boulevard qui continuera de dominer la rade. Bientôt je ne serai plus là, les cent mille francs en billets de cent aussitôt calés dans ma valise sous les chaussettes et les pull-overs, prêt à quitter la ville au plus vite. Cette ville.

Et dans ce train qui m'emmenait depuis Brest vers Paris, dans ce train ma valise, je me souviens, je ne l'ai pas quittée des yeux.

IV

DES CHOSES SUR NOUS

1

Ce 20 décembre non plus je ne l'ai pas trop quittée des yeux, ma valise, dans ce même train retour qui m'amenait là comme un aimant, sans plus de billets rangés par liasses, seulement quelques chaussettes et quelques pull-overs, et dessous pour seule liasse désormais, les cent soixante-quinze pages qui revenaient comme chez elles, au milieu des embruns dans le Finistère Nord.

Je n'ai jamais trop su ce que le fils Kermeur avait fait de son argent mais moi je sais que j'ai bien fait de tout mettre dans mon déménagement parisien, mon exil à moi, ai-je nargué ma mère plusieurs fois, elle si occupée à faire ses cartons sous les orages du Sud, et ma voix comme éclaircie par la lumière de Paris, par les graviers si blancs du Luxembourg qui renvoyaient jusque dans ma chambre, jusque sous les toits, la lumière calme des arbres et les cris des enfants près du bassin d'eau froide. J'ai toujours su qu'un jour je serais là.

La nuit même du vol, quand on est descendus de chez ma grand-mère, dans mon lit à ne pas m'endormir, les deux cent mille francs tassés dans l'oreiller, je savais déjà que je partirais, que seulement à cette condition je pouvais garder l'argent, à condition qu'il devienne propre. Alors dès que j'ai compris que mes parents allaient revenir s'installer en Bretagne, dès que je l'ai senti dans la voix de ma mère, dans le ton mielleux de ma mère qui évoquait l'idée d'un retour, dès que j'ai senti le triomphe de ma mère j'ai commencé à mettre mes affaires dans des cartons, mes livres surtout dans des cartons tandis qu'elle négociait déjà l'achat d'une maison sur la côte et négociait avec mon père pour savoir où ils l'achèteraient, dès lors que mon père avait prévenu qu'il était hors de question de s'installer à Brest, en pleine ville, hors de question de devoir se passer une écharpe sur le nez pour sortir de chez lui, qu'à la condition d'être hors de la ville il voulait bien revenir dans le Finistère, à condition d'habiter au plus loin du stade de football, à condition d'avoir la mer pour seule voisine.

Et maintenant en quelque sorte il l'avait, la mer pour seule voisine, le vent qu'il affrontait de face quand il se penchait à la fenêtre et se mettait à rire bizarrement le visage vers le large, comme pour respirer fort le vent venu de loin. Moi je me suis toujours dit que non, le vent il ne faut pas l'affronter comme ça, le vent il faut le suivre et ne pas croire qu'on peut lutter, quand même violenté par la pierre des façades et le rire de mon père, à peine cogné les vitres déjà il continue sa route, il se reconstitue et continue sa route vers l'intérieur des terres, de plus en plus vers l'intérieur des terres, et son cauchemar dure depuis longtemps.

Notre cauchemar.

En quelque sorte moi j'ai suivi le vent en partant pour Paris, si on peut dire que c'est seulement le vent qui m'a emmené là-bas, la vue toujours sur les platanes rangés et le bassin d'eau douce. Et cette idée a résonné longtemps dans ma chambre parisienne, de savoir si le vent à lui seul, si j'étais si friable à l'intérieur de moi, les yeux toujours plongés sur le jardin en bas et le bassin d'eau froide, sur les petits enfants qui attendaient le vent et poussaient leurs bateaux. Encore aujourd'hui je peux dire, quand je suis entré là pour la première fois j'ai su tout de suite que c'était chez moi.

Vous savez pourquoi je vais prendre cette chambre ? ai-je dit à la propriétaire, eh bien, justement pour le petit bassin, là, en bas, devant le palais du Luxembourg, oui, parce que moi aussi quand j'étais enfant, à Brest, je jouais près d'un bassin avec un bateau à voile, exactement comme ici, exactement comme les petits enfants du sixième arrondissement, sauf qu'à Brest il n'y a pas d'arrondissement mais quand même un jardin public juste en face du Cercle Marin, avec un bassin où laisser flotter son bateau. Sauf qu'un jour, un jour j'ai poussé mon bateau un peu trop loin, un jour je me suis penché sur le rebord de pierre pour rattraper mon bateau un peu trop loin et j'ai basculé tout habillé dans l'eau froide. Il y avait d'autres enfants bien sûr, qui se sont mis à rire bien sûr, et quand je me suis relevé il y avait la honte qui plaquait mes cheveux sur mes yeux, et tous les enfants qui riaient. Voilà pourquoi je prends cette chambre, j'ai dit en souriant à la propriétaire, parce que ça me rappelle des souvenirs. Et puis j'ai signé le bail en pensant, ici tout remontera à la surface, ici j'écrirai toute l'histoire.

Je ne lui ai pas raconté, à la propriétaire, la suite de l'anecdote devant le bassin d'eau froide. Je ne lui ai pas dit que ma mère était là, sur le banc en face de l'eau, et la tête qu'elle a faite quand elle m'a vu tout trempé ressortir du bassin, déjà regardant partout si personne n'avait vu, si les autres mères qui souriaient elles aussi sans la moindre empathie, vous comprenez, sans le moindre souci de moi, et ma mère seulement murmurant trop fort, quel imbécile, mais quel imbécile, en s'inquiétant que personne de sa connaissance, là, dans le jardin Kennedy, que personne surtout ne l'ait reconnu, se demandant déjà comment elle allait faire pour traverser la ville avec un enfant dégoulinant de la tête aux pieds, avec des chaussures qui font floc, comment elle allait limiter sa honte d'avoir un gosse aussi maladroit, aussi débile, elle m'a dit en me tirant par la main, que j'étais le seul enfant du monde capable de tomber dans un bassin tout habillé, avec les gens qui souriaient en nous croisant, tout le monde qui souriait sauf moi qui pleurais et ma mère qui avait honte.

Alors dès que j'ai monté les sept étages parisiens jusqu'à cette chambre, dès que j'ai plongé les yeux par la fenêtre sur le jardin du Luxembourg, quand j'ai senti remonter en moi la sensation de l'eau froide dans mes chaussures, bien sûr je n'ai pas hésité, et j'ai signé le bail. C'est avec des choses comme ça qu'on écrit, ça et pas autre chose, ai-je encore pensé dans ce train qui me ramenait là, pour solde de tout compte, le 20 décembre 2000.

Et le train était bondé bien sûr, parce que c'était Noël dans trois jours et que tout le monde partait en famille, que tout le monde ruminait dans sa tête les visages familiaux et les cadeaux familiaux, moi les yeux rivés sur ma valise au-dessus de nos crânes, comme si d'un seul coup d'œil, sous le cuir d'elle, j'avais relu en entier mes cent soixante-quinze pages.

Tout le monde devrait faire le point sur son histoire familiale, ai-je pensé, particulièrement un 20 décembre, c'est-à-dire un jour où il est important d'être soutenu dans l'épreuve d'aller passer Noël en famille, y compris les gens qui se disent heureux d'y aller, tandis qu'au fond d'eux-mêmes, comme tout le monde ils rêvent d'écrire un roman sur leur propre famille, un roman qui en finit avec ça, les veilles de Noël et les parenthèses mal fermées.

Alors à force de regarder ma valise, à force de penser que je n'avais prévu de cadeau pour personne, quand j'ai compris que le voyage durait encore quatre heures, que c'était le temps exact qu'il me fallait pour relire le manuscrit en entier, je me suis levé, j'ai descendu ma valise, j'ai pris dedans le paquet de pages écrites et je l'ai posé sur mes genoux.

Il y avait mon voisin de train qui allait jusqu'à Brest lui aussi, avais-je lu sur son billet sans qu'on s'adresse la parole, seulement nos bras mal établis sur l'accoudoir partagé, j'ai bien vu aussitôt sa curiosité quand j'ai descendu la liasse de ma valise, qu'il essayait de lorgner sur mes genoux, à cause aussi de la première page où il était écrit comme en titre mais au feutre noir : « mon roman familial ». Plusieurs minutes j'ai laissé la première page comme ça, « mon roman familial » sous ses yeux à lui, et je ne voulais pas la tourner.

Elles m'ont fait rire un peu, les pages qui concernaient mon père, les pages surtout qui concernaient ma mère, son magasin de souvenirs dans le Languedoc-Roussillon, elle, son serre-tête qui dépassait à peine derrière les cartes postales et les briquets gravés de Palavas-les-Flots, avec le P de Palavas qui dessinait un parasol.

Non.

Elles ne m'ont pas fait rire, toutes ces pages, toutes ces pages sur ma mère, toutes ces pages sur moi surtout, le fils Kermeur et nous deux dans la nuit orangée qui embrumait la rade, le whisky dans nos verres au milieu du salon, quand les villes défilaient dehors comme un compte à rebours, Rennes, Saint-Brieuc, Morlaix, puis l'entrée nauséeuse dans les dernières minutes. Il y a toujours quelque chose de ça dans les trains, comme naviguer sur de la houle formée, quand sous mon crâne agité par le roulement du wagon, malgré le temps passé gravé à l'intérieur de moi, arrivant là dans la ville blanche, il y avait leurs visages à tous qui planaient dans les airs comme des vieux cerfs-volants.

Mais maintenant il est temps que je retourne contre le vent, ai-je pensé la veille exactement de mon départ pour Brest, le billet de train que j'agitais dans ma main en signe de victoire, maintenant j'étais assez fort pour séjourner chez mes parents, oui assez fort, ai-je pensé en refermant le manuscrit dans le train, en le remettant au fond de ma valise quelques kilomètres à peine avant d'arriver à Brest, le train qui ralentissait de plus en plus, que j'aurais voulu qu'il ralentisse assez pour ne jamais s'arrêter vraiment, à mesure qu'on approchait lentement de la gare et surplombait la rade, à mesure que le train roulait comme sur la mer et se confondait avec les bateaux, ce curieux jour sans vent sous le froid plutôt sec, comme quelque chose qui prédisait que rien n'était normal, que j'aurais dû rester là, à Paris, sous les toits tout seul à regarder le bassin du Luxembourg qui aurait pu givrer, dans mon exil à moi.

2

Je ne dis pas que personne n'a fait d'efforts ce Noël-là pour m'accueillir, au contraire, tout le monde a mis la main à la pâte pour rendre ce moment habitable, simplement habitable. Tout le monde y est allé de sa petite phrase et son presque sourire. Même mon père a reparlé de la brume qui s'était levée malgré lui ce jour-là, que décidément dans cette région, il a dit, on ne sait jamais à quoi s'en tenir. Si ça n'avait tenu qu'à lui, mon père, il serait resté habiter dans le Sud, parce qu'il aimait bien, lui, le Languedoc-Roussillon, les taureaux dans la Camargue et les lâchers de vachettes dans les villages sombres, oui, il aimait ça.

Même ma mère a composé son plus grand sourire quand elle m'a vu arriver là, la valise dans la main gauche encore, et m'avancer dans l'entrée pour l'embrasser. J'ai jeté les yeux sur la hauteur du pignon, le lierre et la vigne vierge et les rosiers grimpants qui sommeillaient encore, et la fierté de ma mère à se tenir debout dans le Finistère Nord. Quand je pense que c'est moi qui t'ai offert tout ça, cette maison familiale et tout son mobilier, tout l'héritage comme en accéléré, jusqu'aux gros meubles d'Albert, immobiles, qui débordaient partout. On aurait dit qu'ils allaient aboyer, les meubles, assis sur leurs pattes de devant et comme attendant qu'on leur jette un os au milieu de tout ce rouge capiteux, ce marbre vert, cet acajou flammé qui donnent un air si coupé du monde à ces maisons comme dans des musées, ainsi d'ailleurs que ma grand-mère avait surnommé l'appartement d'Albert, « oh un petit musée », disait-elle.

Et maintenant tout était là, sur la lande bretonne, à pourrir dans l'humidité de la dune, tout le mobilier qui avait appartenu si longtemps à Albert, puis si peu longtemps à ma grand-mère, tout était là comme reconstitué, oui, reconstitué, a dit ma mère, enfin la famille est reconstituée. Et presque elle avait l'air heureuse de me voir.

Je suis passé à la boulangerie, j'ai dit. Et lui donnant la boîte rectangle que je tenais dans la main droite, j'ai ajouté : il n'y avait plus que ça, un Paris-Brest.

Et bien sûr j'aurais dû me méfier d'autant

plus, parce que ce n'est pas dans le tempérament familial que d'accueillir un fils comme ça, de lui montrer sa chambre en souriant de cet air compassé de qui attend son heure, de qui remet son serre-tête sur ses cheveux mais en souriant toujours, et que tout ça, toutes ces manières silencieuses et cette lumière suédoise qui glaçait chaque fenêtre, déjà j'ai pensé en franchissant la porte, en reconnaissant l'odeur familiale et la couleur familiale, j'ai pensé que je ne resterais pas dix jours.

Mais tenir au moins jusqu'au 25, pensais-je encore en même temps que je sortais les cent soixante-quinze pages, en même temps que je les cachais soigneusement dans la chambre que ma mère avait préparée pour l'occasion, la chambre Empire, avec un lit Empire, une armoire Empire, un fauteuil Empire et par-dessus tout un secrétaire Empire dans lequel j'ai immédiatement rangé le manuscrit familial. Parce que quelque chose en moi savait déjà que ma mère entrerait dans cette chambre à la moindre de mes absences, qu'elle se précipiterait sur ma valise pour fouiller sans même savoir ce qu'elle cherchait mais seulement pour fouiller, parce qu'elle est comme ça, ma mère, il faut qu'elle fouille. D'où que le vieux secrétaire à clé était une bonne manière de tromper l'ennemi, que la clé je la garderais sur moi tout le temps du séjour, qu'alors pour ainsi dire il était en sûreté, si seulement quelque chose peut être en sûreté dans une maison familiale, et bien sûr que non.

Bien sûr que non. Pas un samedi d'avant Noël. Pas avec des gens qui ne se sont pas vus depuis si longtemps, portant si lourd ensemble, comme s'ils avaient vécu chacun dans la tête de l'autre toute l'année sans repos, exaspérés de cette pensée, et soudain en plus il faut se voir en vrai. Comme si les mois d'absence augmentaient la tension, assis les uns les autres dans les canapés blancs, les minutes encore longues parmi les paroles rares, ma grand-mère presque digne devant son porto blanc, mon père à côté d'elle comme s'il la surveillait.

Et en quelque sorte il la surveille, m'a dit mon frère, lui qui avait tenu à me prendre à part tout de suite et à me raconter ce qui s'était passé le matin même, avant que j'arrive, entre ma grand-mère et mon père. Figure-toi qu'elle a voulu se rendre utile, m'a chuchoté mon frère, et elle a voulu mettre le couvert, sauf qu'aujourd'hui, pour le retour du fils prodigue, a ironisé mon frère, ils ont sorti les assiettes de Limoges, si tu vois ce que je veux dire.

J'ai vu tout de suite ce qu'il voulait dire. Dès qu'il a prononcé l'expression « assiettes de Limoges », j'ai vu toute la scène, la voix de mon père qui chaque fois nous précise que ça vaut une fortune, qu'il faut faire attention, que des assiettes comme ça on n'en trouve plus nulle part, que ça vient de chez la tante Germaine et que si elle savait qu'on les sortait elle se retournerait dans sa tombe. Mais là, m'a expliqué mon frère, il n'a même pas terminé sa phrase qu'il y a eu au même moment dans son dos le bruit de la porcelaine cassée, au même moment, je te jure, l'assiette en question éclatée sur le sol. Alors sans se retourner, seulement allergique au bruit, à peine l'assiette a touché le sol, riait déjà mon frère, à peine les derniers éclats immobilisés sous les meubles, aussitôt qu'il a entendu le fracas de la porcelaine, sans avoir rien vu du tout il a gueulé très fort : « Mais quelle est la conne qui...? »

Il a dit ça, oui, la conne, en sachant parfaitement qu'elle le recevrait pour elle, ma grand-mère, parce qu'il n'y avait aucun doute pour lui que c'était elle et aucun doute pour elle qu'il voulait ça, que ce soit elle, que sinon il n'aurait pas dit une expression pareille, la conne qui, pas à l'égard de sa femme. Et bien sûr le ton est monté, et bien sûr il a fini par dire l'autre phrase qu'il rêvait de dire depuis des années, que si vous n'êtes pas contente, il a dit, la porte est là. Et la porte a claqué, a repris mon frère, et elle est sortie aussi sec sur ses talons vernis, jurant qu'elle ne franchirait plus jamais la porte de cette maison. Sauf qu'un quart d'heure plus tard, après trois pas maladroits sur la dune, il a bien fallu qu'elle revienne. Évidemment. Et il a bien fallu qu'ils fassent chacun comme s'il ne s'était rien passé.

3

Voilà, on en était là, à l'apéritif, un porto blanc pour moi aussi, en espérant qu'il agisse vite, que quelque chose arrive là par l'alcool, comme un bon génie s'échappant de sa bouteille qui nous aurait souri. Puis on est passés à table. Ma mère m'a demandé de m'installer là, dos à la mer, si ça ne te dérange pas, elle a dit mais clairement décidée à m'intercaler entre mon père et ma grand-mère, entre les quatorze millions négatifs de mon père et les dix-huit millions positifs de ma grand-mère qui s'étaient comme retrouvés pour un ultime éclat dans une assiette cassée. Mais dans leurs regards à tous les deux qui s'évitaient et recherchaient le vide, il était clair aussi que désormais tout ça, toutes ces vieilles armoires pleines de si lourdes archives, l'un comme l'autre à jamais les avaient cadenassées.

Maintenant ils étaient seulement ça, des petits satellites qui tournaient autour d'elle, ma mère. Et si vous aviez vu mon père en ce repas de fête, ce n'est pas lui qui m'aurait contredit, harassé visiblement par tant de renoncement, prêt seulement à user des fonctions minimales du langage, quelque chose comme « peux-tu me passer le sel » ou « oui la viande est très bonne ». Et sur le sol de pierre, je sentais sous mes pieds les miettes d'assiette cassée qui faisaient rire mon frère. Puis les tunnels de silence qui boursouflaient la table. Puis pire que le silence, les phrases pour l'effacer : la brume levée toujours comme sujet d'une énigme, les photos numériques de la dernière tempête, qu'à quelques jours près j'avais donc raté ça, la mer furibonde et les gerbes d'écume qui venaient mourir là devant la porte-fenêtre, juste au pied du sapin. Et maintenant elle était si calme, la mer, si endormie. Le ciel bleu si coupant sous la neige carbonique. La guirlande électrique qui colorait nos joues. À force ça faisait beaucoup.

Sûrement c'est ce qu'a pensé ma mère aussi, que ça faisait beaucoup, toutes ces paroles comme des puits sans fond, tout cet air si épais quand à peine nos assiettes remplies, à peine elle-même assise, comme si le silence elle avait voulu le lacérer une fois pour toutes, ma mère a dit comme ça sans aucune gêne, seulement

144

évitant de croiser mon regard, elle a dit comme ça devant tout le monde : alors, Louis, il paraît que tu écris des choses sur nous ?

Il y a eu comme un silence, plus qu'un silence, moi figé dans sa phrase comme dans un tableau hollandais, en tout cas quelque chose d'austère et d'inquiétant, comme enveloppé dans une lumière d'orage. Il y a eu l'expression sous mes tempes, des choses sur nous, tu écris des choses sur nous. Mais comment elle savait, comment elle pouvait seulement savoir, tandis que jamais je n'aurais évoqué ça avec elle, ni ça ni rien de ma vie parisienne, ni ça ni rien de ma vie intellectuelle, mais de quoi tu parles, maman, de quoi tu parles ?

Il y a eu comme un gouffre en plein milieu de moi. Je sais que je suis devenu tout rouge, je sais que j'ai regardé mon frère une seconde puis ma grand-mère une seconde et j'ai dit, oui, enfin non, enfin c'est-à-dire je note des choses, de temps en temps, et j'ai regardé mon frère à nouveau parce qu'il n'y avait que lui à cette table qui pouvait en avoir parlé, qui pouvait avoir fait l'erreur d'en parler, ainsi que moi, à cet instant précis je me suis dit ça, que j'avais fait l'erreur de lui en parler à lui, la seule fois à vrai dire où on s'était vus hors de la maison familiale, la seule fois où on s'était vus à Paris tandis qu'il était venu jouer pour la première fois au Parc des Princes avec l'équipe de Montpellier, venu jouer un quart de finale de la Coupe de France, et c'était comme l'événement de sa vie. Alors bien sûr j'étais allé voir le match, et bien sûr après on était sortis en ville, et bien sûr on avait beaucoup parlé.

Ce 20 décembre, au bord de la nappe verte qui nous séparait plus qu'un fleuve, je jure que j'ai eu le temps de regretter d'avoir confié quelque chose à mon frère, aussi parce qu'il m'a obligé à me confier, repensais-je en le fusillant du regard, à force qu'il me pose la question de ce que je faisais à Paris, à force que je doive répondre dans la minute, à force j'ai fini par dire au plus vite que oui, en ce moment, tu me crois si tu veux mais en ce moment, je suis en train d'écrire des choses sur la famille.

La tête qu'il a faite. Je m'en souviens, la tête de quelqu'un qui ne veut pas en savoir plus, la tête de quelqu'un trop sous le choc pour seulement le montrer, c'était comme si dans sa tête au même instant il en avait lu des pages entières, alors par peur peut-être, par orgueil peut-être il a seulement dit : ah bon, en baissant un peu les yeux, sans me poser une seule question.

Pas une seule question, me suis-je indigné plus tard, et qu'il aurait mieux valu qu'il m'en

146

pose, des questions, plutôt que de laisser la chose suspendue à l'intérieur de lui, à cause de ce risque évident qu'elle ressorte un jour ou l'autre, qu'elle ressorte exactement là où il ne fallait pas, c'est-à-dire dans le seul endroit où il ne fallait pas qu'elle retombe, c'est-à-dire dans l'oreille de ma mère.

Des choses sur nous.

Et c'était comme une phrase qui ne voulait pas s'effacer, qui naviguait en moi comme une boucle sonore et s'inscrivait partout, sur la nappe, sur les verres, sur la neige carbonique qui blanchissait les vitres, il paraît que tu écris des choses sur nous.

Oh mais ça ne nous dérange pas, a repris ma mère, nous n'avons rien à cacher.

Non. Bien sûr.

Mais si ça n'avait tenu qu'à elle, elle m'aurait cloué au mur pour savoir exactement où j'en étais avec cette histoire familiale, si vraiment j'avais entrepris de l'écrire et qu'est-ce que j'avais bien pu raconter, parce que en un sens, c'est vrai, elle était extrêmement curieuse de lire des choses sur elle, mais en un sens aussi elle était extrêmement fébrile. C'est pour ça qu'elle était particulièrement gentille et attentive avec moi ce Noël-là, et c'est pour ça qu'en même temps elle était inquiète, parce que avec moi on ne peut jamais savoir, pensait-elle, que j'étais un intellectuel et qu'en tant qu'intellectuel je me croyais tout permis, y compris de prendre les autres pour des imbéciles, avait-elle eu l'occasion de me dire plusieurs fois, et tétanisée déjà en imaginant quelle version des faits j'avais pu donner, quelle version non expurgée, quelle version avec moi, quelle version avec le Languedoc-Roussillon et donc quelle version avec sa propre mère, se disait-elle, tu n'auras pas fait ça, implorait-elle en silence, tu n'auras pas raconté toute notre histoire. Et dans son regard je lisais la peur des phrases et des mots comme argent, comme héritage, comme briquets et comme Stade Brestois. Et dans son regard aussi, c'était comme une supplique qu'elle m'adressait : non tu n'as pas fait ça, priait-elle.

Ce jour-là, je m'en souviens, la tête plongée dans l'assiette en porcelaine je me suis seulement dit : ne lève pas les yeux sur elle, si tu lèves les yeux une seule fois c'est foutu, si tu la regardes maintenant, toi aussi tu seras un satellite pour toute ta vie. Et replié au fond du gouffre en moi, j'ai juste entendu, comme une fusée qui traversait la pièce, j'ai entendu la voix de ma grand-mère à côté de moi qui ajoutait : tu parles de nous en bien, j'espère.

Ensuite il y a eu du silence encore et des paroles normales. Il y a eu mon frère qui ne savait pas où se mettre puis des conversations déviées et du silence toujours. Il y a eu la pluie à Brest et les prix des loyers. Il y a eu les cuillères cognées contre la porcelaine. Mais sur la table au-dessus de nous, outre la mer dehors et les vieux meubles qui pliaient sous nos regards, il y avait cette expression devenue presque sale, comme un nuage de pluie qui se serait maintenu : des choses sur nous. Et dans le tourbillon noir des tasses en porcelaine, on aurait dit que chacun, à la surface mouvante de son café, que chacun désormais lisait des choses sur lui.

4

Mais moi je n'ai rien répété, ai-je dit plus tard à mon frère quand on s'est retrouvés tous les deux dans le salon, que je fumais jusqu'à écœurement, moi je n'ai rien répété de ce que tu m'as confié ce soir-là à Paris. Tu mériterais que j'aille tout leur dire maintenant.

La tête qu'il a faite encore. C'était comme si des falaises entières s'étaient brisées sur lui, décomposé soudain, et presque il m'aurait supplié. Et moi je repensais à cette soirée parisienne, et ce n'est pas que mon frère a spécialement mal joué ce soir-là, au contraire, il a fait son travail de défenseur central comme il pouvait le faire, c'est seulement que Paris était plus fort, lui ai-je dit après le match, que c'était déjà beaucoup d'avoir joué un quart de finale de la Coupe de France au Parc des Princes et que ça arrivait de temps en temps, même aux meilleures équipes, de passer à travers, à cause des cinq fois exactement où il avait vu le ballon atterrir dans les filets de son équipe contre zéro fois dans les filets de l'équipe adverse.

Cinq à zéro. Quand même.

Mais la défaite ouvre à la confidence, la défaite écorche et creuse en nous des failles propices, lui ai-je même dit après qu'on a parlé des heures ensemble, après qu'on s'est finalement tout dit, chacun, de nos secrets.

Je n'ai pas demandé à mon frère ce soir-là si c'était le football qui lui avait révélé son homosexualité ou bien si au contraire le fait d'être homosexuel l'avait poussé vers le football ou bien si ça n'avait rien à voir, mais quand il m'en a parlé cette fois-là, je lui ai dit que je savais déjà, que je ne sais pas comment mais quelque chose en moi savait. Des choses comme ça, j'ai dit, tout le monde les sait sans les dire. Même notre mère, je suis sûr qu'elle le sait.

Bien sûr qu'elle le sait, il m'a dit, depuis des années qu'elle veut me prendre un rendez-vous chez un psychothérapeute, soi-disant parce que j'aurais l'air un peu perdu.

Mais pour mon frère c'était clair qu'elle voulait le guérir de son homosexualité, qu'elle puisse infléchir sa trajectoire au moins de ce point de vue, faute d'avoir pu le faire pour le football. Elle espère toujours que je vais cracher le morceau, dit mon frère encore aujourd'hui, mais le plus drôle c'est que tout le monde est au courant sauf elle.

Tout le monde a toujours tout su sauf elle. Personne au fond ne lui a jamais parlé de rien, elle qui fut la dernière informée des quatorze millions absentés des caisses du club. Ce n'est qu'en se rendant au bridge chez son amie la femme du procureur de la République, ce n'est qu'en voyant la tête très embarrassée de ses bientôt anciennes amies qu'elle a appris les histoires de mon père par le journal local, celui-là même qu'elles se sont empressées de lui mettre sous les yeux, avec la photo de mon père en première page, écrit dessous en lettres très noires et très grasses, « Où sont passés les millions ? »

Plusieurs fois on a ri de ça avec mon frère, ce soir-là encore dans le salon, sauf que ça n'empêche, ai-je dû rectifier, tu n'avais pas à parler de moi.

Mais je te jure que je n'ai pas fait exprès, il a dit, c'est seulement qu'hier elle m'a exaspéré pour la centième fois avec ce rendez-vous chez un psychothérapeute, elle me parle encore de ça, tu comprends, alors j'ai fini par craquer, j'ai fini par lui dire qu'elle ne l'emporterait pas au paradis, parce que tout le mal qu'elle faisait allait bientôt sortir aux yeux du monde, parce que toi tu étais en train d'écrire tout ça, toute l'histoire de la famille. Je l'ai fait dans le même sens que toi, dans le sens de lui faire du mal.

Mais moi, lui ai-je dit, je ne fais pas ça pour faire du mal. Au contraire, je fais ça pour effacer le mal. Et je me souviens, au moment précis où j'ai dit l'expression « effacer le mal », d'une pichenette j'ai envoyé mon mégot de cigarette brûler dans la cheminée.

On est restés un peu comme ça tous les deux, comme des frères finalement, nos deux visages de biais et tournés vers le feu, avant qu'il ne puisse s'empêcher, trop curieux pour se taire, d'ajouter :

Tu l'as fini, ton roman ?

Maintenant j'étais presque debout, le tisonnier à la main, remuant bêtement les braises devant la plaque de fonte qui s'éclairait à peine, et sans même me retourner, sans même le courage de vraiment lui répondre, j'ai dû hocher assez la tête pour qu'il comprenne que oui.

Mais..., il a repris et il hésitait et je souriais de le sentir hésiter, mais... est-ce que tu parles de moi ?

Et la tête me chauffait à force de jouer avec le feu, à force d'hésiter à répondre en même temps que ça me faisait rire de ne pas vouloir lui répondre trop vite, et puis hochant encore la tête, que oui, ça parlait de lui, un peu, j'ai dit. Et la fonte brûlante éclairée par les flammes, je voyais défiler l'équipe A des poussins, la pelouse du Parc des Princes, les choses qu'elle ne sait pas.

Après tout, il a dit, puisque tout le monde le sait.

Puis se taisant longtemps parmi les cigarettes, il a ajouté :

En tout cas j'ai hâte de le lire. Je suis sûr que ça va me faire rire.

Oui c'est possible. Un peu.

Et sur la fonte maintenant qui s'éteignait doucement, pour toute lueur sur fond de suie collante, le seul visage qui survivait encore quand je pensais au livre, c'était celui du fils Kermeur.

Tu te souviens du fils Kermeur ?

Le voleur du collège ? a dit mon frère.

Ben oui, le fils de madame Kermeur.

Bien sûr, pourquoi ?

Non, comme ça, j'ai dit. Comme ça.

5

Il n'était pas prévu que je revoie le fils Kermeur, jamais. Mais le fait est que je l'ai revu,
précisément durant ce séjour dans la maison
familiale, deux jours exactement après mon
arrivée là, dans la brume curieusement ab-
sente, deux jours après que j'ai vu ma grand-
mère descendue de son grenier et ma mère si
inquiète de tant de choses sur elle, le fils Kermeur pour tout dire a sonné.

Or il y a cette habitude qu'ils ont dans ma
famille, quand quelqu'un sonne à la porte, de
se précipiter aux fenêtres pour regarder qui
c'est. Même ma grand-mère, malgré l'âge
avancé, malgré la vue qui baisse, quand le
carillon a retenti dans toute la maison, je ne
sais pas d'où elle est sortie mais en chaussons
elle s'est glissée jusqu'à la fenêtre de l'escalier,
eux tous déjà le nez rivé aux carreaux, et je

l'ai entendue dire : ce n'est pas le fils Kermeur là-bas, avec son manteau noir ?

Non, je n'ai pas rêvé quand j'ai écarté le rideau blanc et que j'ai vu, oui, comme sortie du granit usé, j'ai vu cette silhouette posée là, comme une ombre inscrite à même l'horizon, le fils Kermeur devant la grille, et il attendait. Il n'a pas bougé en me voyant, ni ne s'est départi de son regard un peu sombre, si muet à cet instant.

Dans ma tête aujourd'hui, c'est comme un segment qu'on aurait détaché, un minuscule segment qui flottait dans l'espace, mais l'espace, là, c'était l'intérieur de moi regardant cette silhouette qui ne bougeait pas. Je n'ai pas aimé le voir là, dans cette position-là tandis qu'il me souriait, les mêmes lèvres closes, et sûrement ne sachant pas plus que moi quelle tête prendre à ce moment, mais qu'est-ce qu'il fout là ? mais qu'est-ce que tu fous là ? j'ai failli lui demander comme aussi bien je lui aurais dit, mais va-t'en, mais tu n'as rien à faire là. Alors à force que je reste interdit plusieurs secondes, sûrement il a vu dans mon regard la panique et la honte mélangées, parce qu'il n'y avait que ça, dans mon regard, la panique et la honte, et je n'ai pas su quoi dire.

Et sans doute il ne fut pas déçu que ma mère ouvre elle-même la porte, figée là comme une bougie froide, tellement surprise évidemment, tellement vexée aussi qu'il ose faire ça, frapper à la porte et la soutenir du regard, obligée qu'elle fut d'être presque polie. Elle n'a quand même pas dit bonjour, mais qu'il y avait longtemps, oui, quelle surprise, elle a dit. Et même : comment va votre mère ? quand chaque phrase venue d'elle, à peine franchie ses lèvres, on aurait dit qu'elle tombait en chute libre pour s'écraser au sol. Alors lui, je ne sais pas, comme plein d'indifférence, à son tour on aurait dit qu'il se baissait tranquillement puis qu'il les ramassait, chaque phrase gisante au sol, et qu'il y répondait.

Elle, barricadant l'entrée, il a fallu que je la contourne pour sortir devant lui, et tellement soulagé de quitter la maison familiale pour quelques heures, presque j'ai été content de voir le fils Kermeur qui déjà me tapait sur l'épaule, sur l'épaule de mon vieil ami, a-t-il encore dit devant ma mère outrée.

Mais comment tu savais, lui ai-je dit à peine monté dans sa voiture, comment tu savais que j'étais là ?

On a vu ton père à la gare hier matin.

Un temps on a cherché l'un et l'autre de quoi on parlerait, le long des lignes courbes qui regagnaient la ville et la mémoire de nous comme une nappe souterraine qui ne voulait pas resurgir, la mer presque énervante à force de rester calme, la mer déshonorante à force d'être immobile.

Quand je pense que tu es parti sans me dire au revoir, a dit Kermeur.

Je n'ai dit au revoir à personne en quittant Brest.

Et tournant la tête vers moi qui regardais dehors le long de la mer bleue, il a ajouté :

Qu'est-ce que tu as fait tout ce temps ?

Là sur le port de Brest, à peine descendu de sa voiture, regardant sa silhouette inchangée je repensais à lui sirotant son whisky dans le salon de ma grand-mère, lui et les vieux comptes à régler, lui et sa tête hirsute.

Tu veux vraiment savoir ? tandis qu'on s'était garés là, près du port de plaisance, le temps seulement qu'on s'installe en terrasse et qu'on commande deux bières, mais moi je m'étais promis ça, de ne jamais lui reparler de mon roman familial, d'aucune des cent soixante-quinze pages, parce que j'avais encore son rire d'autrefois dans les oreilles, le rire qui l'avait pris quand j'ai dit ça un jour, que je quitterais Brest, que j'écrirais un livre et maintenant c'était chose faite.

Peut-être, si le fils Kermeur n'avait pas ri ce soir-là, l'idée serait sortie de ma tête pour toujours ou du moins ne serait pas remontée si violemment, si nécessairement des mois plus tard. Des mois plus tard, dès que je me suis mis à mon bureau parisien pour écrire mon roman familial, j'ai eu ce rire dans les oreilles, le rire du fils Kermeur, et c'est avec ce rire-là que me sont venues mes phrases, que me sont venus le ton du livre et la couleur du livre, avec l'idée que quelqu'un recouvrait mes phrases d'un vilain rire. J'ai souvent évoqué ce rire dans mon roman familial, parce que le fils Kermeur est la seule personne qui ne soit pas de la famille et qui ait une place importante dans le livre. Et puis j'ai repris :

Tout le monde s'en fout des histoires de famille.

Et sûr encore qu'il allait éclater de rire, sûr aussi que j'allais me lever aussi vite en lui disant qu'on n'avait rien à se dire, qu'on n'avait jamais rien eu à se dire mais que là encore moins, au lieu de ça très calmement il a dit : alors tu l'as fait.

Et il hésitait à me regarder, à cause de la question suivante qui lui brûlait les lèvres : est-ce que ça parle de moi ?

Un peu, j'ai dit, enfin beaucoup en fait mais pas vraiment de toi, parce que quand même, c'est un roman, et j'ai changé des choses. Et je l'ai regardé, et j'ai ajouté le regard plutôt vacant : en même temps, oui, on peut dire que ça parle de toi.

6

Oui on peut dire que ça parle de lui, même si j'ai transformé beaucoup de choses pour ne pas avoir d'ennuis, pas seulement avec le fils Kermeur mais avec les autres, avec ma mère et mon père et même avec ma grand-mère. C'est pour ça que j'avais ouvert l'histoire sur la mort de ma grand-mère, alors qu'en vérité elle se portait comme un charme, elle buvait du porto blanc, elle voyait jusqu'à la grille du jardin. Mais dans mon livre, non, il y avait son cadavre empoussiéré et toute la famille qui se tenait faussement digne devant le caveau tandis que les fossoyeurs faisaient descendre le cercueil suspendu à une corde. C'est à ce moment précis qu'on entend comme des pas qui font crisser le gravier dans le silence mortuaire, quelqu'un qui s'approche et qui a des comptes à régler, et c'est le fils Kermeur. Sauf que dans mon livre je ne l'ai pas appelé comme ça. Dans mon livre, je lui ai donné un autre nom qui n'a pas d'importance. En tout cas on comprend très vite qu'il ne devrait pas être là, dans l'intimité de la famille, que déjà la tension monte avec ma mère, enfin, pas vraiment ma mère mais une femme avec des lunettes noires qui enterre sa vieille mère et qui est quand même ma mère dans le roman, parce que c'est raconté à la première personne, donc par moi en quelque sorte, enfin quelqu'un proche de moi, disons, assez proche pour que les gens qui me connaissent comprennent que c'est moi. Ma mère, par exemple, comprendra tout de suite que c'est moi. Le fils Kermeur comprendra tout de suite que c'est ma mère parce que dès le début au cimetière, quand elle sent une silhouette derrière elle, elle se met un sac plastique sur la tête. Et s'il y a bien une crise parmi toutes qui n'est pas de la comédie, c'est celle-là, parce que ma mère a toutes les raisons d'avoir peur, parce que c'est de sa faute à elle si Kermeur revient là pour se venger, parce que c'est de sa faute à elle s'il a été en prison. Dans mon livre, oui, je me suis dit que ce serait mieux comme ça, que Kermeur ait fait de la prison à cause du cambriolage. Ce serait plus romanesque.

Du coup c'est plus fort pour tout le monde, pour ma mère bien sûr qui a réussi à faire accuser Kermeur mais pour moi aussi, à cause de la culpabilité de ne pas être accusé en même temps que Kermeur parce que dans mon livre, non seulement Kermeur va en prison mais en plus il ne me dénonce pas. Je ne dis pas que c'est ce qu'il aurait fait en vrai. Je ne dis même pas qu'il aurait dû le faire. Je dis seulement que c'était plus classe comme ça, et donc plus romanesque.

Dans la réalité aussi ma mère a essayé de convaincre le procureur de la République mais ça n'a pas marché tandis que dans mon livre ça a marché. Mais la vie est tellement faite de hasards, dit ma mère dans le livre, d'incroyables hasards, insiste-t-elle quand rien en vérité n'est le fruit du hasard mais celui du calcul et de la manigance.

Et donc c'est seulement quand j'ai installé ça, le nœud noir de l'affaire en quelque sorte, quand le fils Kermeur sort de prison pour se venger, que je peux expliquer comment on en est arrivé là. La vérité en somme. La fortune d'Albert. Le Languedoc-Roussillon. Le cambriolage chez la vieille dame. Tout, jusqu'à revenir au point de départ, au cimetière, qui devient la fin. C'est-à-dire à la fin on est toujours là à l'enterrement avec ce type qui ressemble à Kermeur et qui sort de prison. Sauf qu'au début on était plutôt contre lui et maintenant on est plutôt avec lui, et on demande vengeance contre la mère. On n'attend qu'une chose : c'est le duel final entre le fils Kermeur et ma mère. Je dis on, mais c'est surtout moi qui attends ce moment, puisque personne n'a jamais lu cette version, disons, romanesque, des faits. Personne n'a jamais lu la fin prévue par moi, qui se passe justement après l'enterrement de ma grand-mère, et notamment le grand déjeuner au Cercle Marin le jour même. C'est comme une sorte de boucle avec l'histoire d'Albert. Alors Kermeur, enfin, celui qui ressemble à Kermeur dans le livre, se met à les suivre à la sortie du cimetière, il prend sa voiture derrière eux et il les suit sans dire un mot, exactement comme ferait un psychopathe. Et ma mère tremble en claquant sa portière, en montant les marches du perron qui mènent dans la grande salle du Cercle, elle sent bien qu'il va se passer quelque chose de mauvais pour elle, et elle a raison bien sûr, elle a raison de se retourner sans cesse et de trembler un peu avec le sac plastique dans la poche, parce que l'autre, l'ennemi n'est jamais loin, ténébreux depuis sa voiture où il observe tout, le bras tatoué posé sur le métal. Et à peine on est tous installés pour le déjeuner, moi avec eux bien sûr, à ce moment-là Kermeur très tranquillement sort de sa voiture. Très tranquillement encore il monte les marches et décide de faire irruption là, dans la vieille salle stalinienne, il décide que maintenant ma mère va payer. Et là ce n'est plus drôle du tout.

Jusqu'à maintenant ça pouvait passer pour presque drôle, disons, léger, mais maintenant le fils Kermeur débarque là avec deux revolvers chargés, et il a bien l'intention d'en finir. Et ça ressemble à une prise d'otage, sauf que la seule personne qui l'intéresse, avec qui il veut discuter tranquillement, c'est ma mère. Alors il demande à toute la famille de sortir, sauf à moi pour que je puisse continuer à raconter l'histoire, sauf à ma mère pour qu'il puisse la punir. Très vite dehors il y a la police qui installe un cordon de sécurité et qui parle avec des porte-voix, qui essaie de négocier avec Kermeur mais Kermeur ne veut rien savoir. Même quand sa propre mère prend le porte-voix et le supplie de sortir, Kermeur n'entend pas. Il veut juste discuter avec ma mère. Alors il s'assied en face d'elle, il pointe son arme sur son front et en même temps il a les larmes aux yeux, en même temps il est à bout de nerfs et il essaie de se contenir et il essaie de ne pas s'énerver et il a la tête qui dodeline un peu dans tous les sens et on voit bien qu'il hésite à tirer alors qu'elle est là complètement tétanisée mais qu'elle ne peut rien dire, parce qu'elle a trop peur qu'un faux geste, qu'un simple sursaut, alors ce qu'il lui dit à ce moment-là, tout ce qu'il trouve à lui dire à cet instant avec la bouche qui hésite aussi à s'ouvrir, le canon du revolver toujours tourné vers elle, en faisant non de la tête il lui dit calmement que non, que ce n'est pas bien ce qu'elle a fait, qu'elle n'aurait jamais dû le faire renvoyer du collège, non ce n'est pas bien du tout.

Et les secondes sont longues alors, c'est comme si pour chacun toute l'histoire se concentrait là, à ce point d'hésitation, au moment où il va la tuer. Et puis là, juste là, il relève la crosse de son revolver, il se recule sur sa chaise, et il fait non de la tête. Il porte la main à sa poche et il en sort un sac plastique qu'il lui donne en souriant. La dernière image de ma mère, c'est ça, un sac plastique qui lui couvre le visage. Et pour tout le monde évidemment, pour tout le monde c'est lui qui a gagné, le fils Kermeur, même si la police l'attend en bas des marches, même s'il part menotté la tête basse, dans mon livre c'est toi qui as gagné.

7

Simultanément on a soulevé nos bières, simultanément on les a bues d'un seul trait, simultanément reposées sur la table. Puis dans l'intermède qui nous séparait un peu, Kermeur et moi, j'ai jeté un œil sur mon portable, écrit sur l'écran : Lire nouveau message. J'ai vu que ça venait de mon frère. J'ai eu une vague angoisse. J'ai lu une première fois. J'ai lu une deuxième fois.

MÈRE EN TRAIN DE LIRE DANS TA CHAMBRE. COMPORTEMENT BIZARRE.

Je n'ai pas payé mes bières. J'ai dit, je t'expliquerai. Je suis monté dans un taxi. J'ai dit, dépêchez-vous. J'ai fait tout ça très vite et luttant contre tout, fuyant jusqu'aux yeux du chauffeur dans son rétroviseur, la ville à grande vitesse et la mer devant nous, et comme par transparence sur elle, la mer vitreuse, je voyais apparaître le visage géant de ma mère, comme un président américain sur le mont Rushmore.

Mais c'est trop tard bien sûr, tout est trop tard, ai-je pensé, elle déjà lisant les dernières pages dans la lumière tombante venue de l'ouest, le soleil qui éclairait chaque ligne comme un projecteur sur un ring. Et dans cette image qui m'envahissait, en même temps que la peur il y avait quelque chose de doux, quelque chose, oui, de paisible. J'ai pensé : non, ne cours pas, laisse-la finir. Oui laisse-la lire la fin. J'ai dit au chauffeur : ralentissez, prenez le chemin par la mer, avec l'eau presque épaisse dans la lumière du soir, avec le sentiment de mort qui précède les cinq heures, avec l'artillerie lourde des crépuscules d'hiver. Allez-y, roulez tranquillement.

Le ciel un instant vide à la pointe Saint-Mathieu. L'absence aussi du vent. La mer déshonorée. Continuez, ralentissez, nous arriverons toujours trop tôt. L'abandon du soleil. Les abers noirs de vase. Le sel de l'eau qui fait germer les pierres.

Ensuite il y a eu la maison silencieuse, mon père posé là dans le canapé, en arrière-fond toujours la guirlande clignotante et la télévision pour compagnie visuelle. J'ai fait un petit signe de la main à travers l'embrasure de la porte, en même temps j'avançais vers l'escalier. Pour lui à l'évidence il ne se passait rien. L'escalier, je me souviens que je l'ai monté lentement comme dans un film d'horreur, des flashes plein les yeux de cette vision là-haut, elle hystérique déjà se jetant par la fenêtre ou s'arrachant les cheveux, elle déjà morte ensanglantée, étalée sur le lit, elle la tête dans les mains voulant se réveiller. Il n'y eut rien de tout ça.

Effectivement elle était là, ma mère, dans le contre-jour du presque soir, le dos penché sur le bureau quand je suis entré là, quand mon corps en entier a franchi le seuil de la chambre, alors elle a relevé doucement la tête et elle m'a regardé, comment dire, calmement. Et elle avait un sourire, un sourire bizarre mais un sourire quand même. Pas un sanglot. Pas une crise. Pas même un sac plastique à portée de la main mais seulement cet air calme et suédois qui la confondait avec le bois tiède des murs, se dressant là en avant de la fenêtre, les quelques arbres nus qui veinaient l'océan.

Elle m'a dit que j'arrivais au bon moment, qu'elle terminait à peine, que c'était très instructif, elle a dit, oui très instructif.

Et moi je restais là sans rien dire. C'était comme une espèce de calme dangereux, de calme comme on peut lire dans les romans maritimes, juste avant les orages sur le cap Horn, quand la mer devient toute calme, que le vent tombe complètement, et qu'alors, alors il faut aussi vite plier les voiles et s'enfermer dans le bateau, parce que ça veut dire que ça va cogner très fort. Et elle maintenait cet air lointain, éthéré, comme habitée par un ange passager qui aurait suspendu sa colère. Même sa voix, si sèche d'habitude, si métallique, d'un coup on aurait dit qu'elle s'était adoucie, me disant avec le même demi-sourire absent : tu as beaucoup d'imagination, oui vraiment beaucoup, c'est amusant.

J'aurais pensé tout sauf ce mot-là, amusant, qu'elle trouve ça amusant, non, je ne l'ai pas crue un instant, mais je ne sais pas, tout ce que j'ai trouvé à dire, c'est, oui c'est un roman, j'ai dit, mais enfin c'est, c'est une fiction, tu sais, ce n'est pas de toi que ça parle.

Et gardant son même visage pénible, elle a juste répondu : mais qui a dit que ça parlait de moi ?

Maintenant elle s'était tournée vers la porte, une main bien à plat sur le bureau, sur les pages posées elles aussi à plat, comme pour interdire que je parte en courant le manuscrit sous le bras, et pour dire que non, on n'avait pas fini d'en parler, se levant maintenant le manuscrit à la main, continuant de me sourire, elle a essayé de parler, qu'il n'y avait rien à dire de plus, oh ce n'est pas pour moi, moi au point où j'en suis, c'est pour ton père, alors elle s'est approchée presque compatissante, ajoutant que bien sûr, bien sûr elle ne pouvait pas laisser sortir ça de la maison. Elle a passé la main dans mes cheveux, elle a dit : je dis ça pour ton bien, tu sais, pour notre bien à tous.

Moi j'étais comme en arrêt sur le seuil de la chambre, les lèvres soudain de pierre et trop lourdes pour parler, dessous le sang rapide qui tournait d'affolement. C'était comme du charbon qu'on charriait à l'intérieur de moi, vers le cœur, vers la nuque, vers mes mains effa-rées qui cachaient leurs mouvements, sans qu'aucune parole, aucune pensée solide ne puisse arrêter ça, cette idée sourde qu'à partir de maintenant, oui, désormais il y aurait un avant, et un après.

Elle a porté la main dans la poche de sa jupe, elle a fouillé parmi les clés et les pièces de monnaie, et comme une arme ultime qu'elle a brandie devant moi, elle a sorti un briquet. Je jure que je n'ai pas rêvé : j'ai vu gravé sur le plastique blanc, j'ai vu les lettres bleues, j'ai vu le P de Palavas qui dessinait un parasol.

Tu vois, elle a dit, il m'en reste encore.

D'une main le manuscrit, comme suspendu à ses doigts, le balançant légèrement, de l'autre le frottement de la pierre d'où jaillirait la flamme, je l'ai fixée sans toujours une parole, le cœur seulement plus lent à déjà entrevoir que bientôt, très bientôt je rangerais un à un mes pull-overs, bientôt la valise close et la vie loin d'ici.

Et elle faisait durer le temps, chaque seconde plus lourde que la précédente, comme une mauvaise actrice dans la scène de sa vie. J'ai pensé que je n'aurais jamais pu écrire une scène pareille, elle toujours menaçante, le briquet qu'elle hésitait encore à approcher trop près, sa silhouette noire maintenant dans le pur contre-jour, elle, tellement elle avait contenu la colère et la haine, elle me regardait les yeux plus défiants que jamais et elle disait, je suis désolée, mon chéri, vraiment désolée.

Moi j'ai seulement pensé : elle ne croit quand même pas que c'est l'unique exemplaire ? Et dans ma poche sans la sortir, entre mes doigts je sentais la petite clé USB qui dans l'obscurité du jean avait l'air de narguer ma mère. Mais je n'ai rien dit, pour ne pas la vexer peut-être, parce que c'était son droit à elle à ce moment-là de croire être la plus forte.

Elle s'est reprise à plusieurs fois pour frotter la pierre du briquet qui produirait l'étincelle, puis la flamme qu'elle regardait maintenant l'air un peu effarée, comme si à cet instant elle avait eu comme moi l'image un peu folle de ses yeux exorbités concentrés sur sa main. Je crois que je vais y aller, j'ai presque chuchoté quand j'ai vu le feu qui jaillissait cette fois d'entre ses doigts, se dressant là sur l'angle du papier, chaque feuille qui accueillait silencieusement la chaleur jaune et noire et qui grimpait sur l'encre déjà vieille, le carbone échappé de la flamme qui recouvrait chaque ligne dissoute d'un seul élan, les cent soixante-quinze pages qui se consumaient en un temps si compact que pour une fois j'avais l'impression que tout se disait en une seule phrase.

Déjà les lambeaux de cendres aussi vite refroidis voltigeaient autour d'elle comme une sorte de neige noire qui la frôlait partout puis s'apaisait au sol. À son tour elle a murmuré quelque chose que je ne saurais jamais, et sûrement au fond d'elle-même il y avait de l'amour dans sa voix. Et puis on a entendu venu d'en bas, la voix de mon père déconnecté de tout : qu'est-ce qui se passe là-haut, on dirait que ça sent le brûlé.

8

J'ai fait chaque mouvement à l'envers, les vêtements encore propres lentement repliés, la valise dans la main gauche et seulement plus légère, un regard pour mon frère dans l'entrée, quelque chose, je ne sais pas, entre une distance forcée et le rêve d'une accolade qui n'aurait jamais lieu. Avec ma main quand même je n'ai pu m'empêcher, j'ai fait le chiffre cinq puis le rond du zéro, et j'ai souri un peu.

C'était le lendemain matin, 23 décembre. Il y avait mon père qui attendait dans sa voiture, le moteur déjà en marche, et pressé lui aussi de passer Noël en paix. Maintenant il aurait pu porter ma valise, j'ai pensé en la calant dans le coffre et puis m'asseyant là dans la grosse Renault, la ceinture que j'ai bouclée pour dire que j'étais prêt, mais le regard dehors sur les rosiers grimpants, sur les pierres fatiguées, la porte déjà close. Loin derrière les fenêtres, comme cachées dans l'ombre du sapin qui ne clignotait plus, je supposais que peut-être, peut-être on me regardait partir.

Maintenant je pensais à tout ça, à tout ça et à tout le reste dans la voiture qui semblait me transporter d'un côté et mes pensées d'un autre, les paupières comme asservies au bleu incohérent du large, à Ouessant se levant dans la brume, indifférent au paysage de l'aube, aux fleurs jaunes sur les dunes, à la fumée lourde des Gitanes qu'il allumait encore même en arrivant là, sur le parking de la gare. Et comme j'allais le saluer, assis derrière ses vitres teintées, comme une sorte d'éclair qui serait sorti de lui, il a dit : et puis merde ! Et il a ouvert sa portière.

Il a posé le pied sur le sol du parking, comme un étranger dans une ville du Far West, et sans presque hésiter il est allé vers le coffre. Je l'ai regardé sans un mot prendre ma valise puis s'avancer là, comme à découvert dans le vent qui semblait se lever, continuant, traversant le hall, on aurait dit qu'il attendait qu'on le reconnaisse et qu'on lui parle des quatorze millions volatilisés. Et moi je l'ai suivi comme ça, qui portait ma valise même sur le quai de la gare, qui m'a aidé à la monter dans le train, qui de derrière la vitre m'a fait un signe de la main. Et personne ne l'a insulté.

CET OUVRAGE A ÉTÉ ACHEVÉ D'IMPRIMER LE
VINGT-HUIT JANVIER DEUX MILLE TREIZE DANS LES
ATELIERS DE NORMANDIE ROTO IMPRESSION S.A.S.
À LONRAI (61250) (FRANCE)
Nº D'ÉDITEUR : 5348
Nº D'IMPRIMEUR : 132203

Dépôt légal : mars 2013